― 書き下ろし長編官能小説 ―

母《おや》娘《こ》丼《どん》村の秘湯

葉原 鉄

竹書房ラブロマン文庫

目次

この作品は、竹書房ラブロマン文庫のために
書き下ろされたものです。

第一章　神がかりの人妻不妊治療

閑静なベッドタウンを田舎《いなか》と呼ぶのは世間知らずだ。

本当の田舎は田んぼのあぜ道を可憐な巫女《みこ》が歩いてくるものなのだと、健史《たけし》は初めて知った。緑豊かな景色に白い小袖《こそで》と赤い袴《はかま》が鮮烈だった。

「あの……このあたりの人ですよね？　ちょっといいですか」

「なにかご用でしょうか」

小さな歩幅で楚々《そそ》と歩いていた巫女は、やはり楚々とした仕草で振り向いた。首を反《そ》らして見あげてくるが、けっして健史が大柄なわけではない。身長はあくまで平均程度である。彼女のほうが小柄なのだ。

「山木家《やまきけ》にはどう行くんでしょうか。スマホの地図がちょっとわかりにくくて」

「あちらの道をまっすぐ行けば鎮守《ちんじゅ》の森があります。そちらとは逆の道をしばらく歩いてすこし坂を登れば山木のお屋敷です」

淡々と答える巫女の声に愛想はないが、鈴の音のように高くて清々《すがすが》しい。化粧っ気がなく愛らしい面立ちからしても相当若いのだろう。少女と言ってもいい。ただ、切れあがった目には大人びた上品さと聡明さが感じられた。

「キミは鎮守の森の、神社の巫女さん？」

「嶽神《たけがみ》神社でおつとめをしています。なにか私にもご用が？」

「いや、すこし気になっただけだよ」

「そうですか。では失礼します」

なんの名残《なごり》も感じさせずに巫女は立ち去った。愛想はないが、しっかりした少女である。なんとなく気分がよくなるも、足取りが軽くなるほどではない。

正直なところ、山木家への訪問が気重《きおも》だった。


新社会人となって早々、健史は交通事故に遭った。

手脚の複雑骨折に内臓破裂で入院三ヶ月。

後遺症があったわけでもないが、退院後も会社には行けなかった。入社三日で三ヶ月も休んでしまって、強い引け目を感じてしまったのだ。もともと就職に難儀する程度には気弱な性格である。

折り悪しくそのタイミングで祖父が亡くなった。

おじいちゃん子だった健史はひどく落ちこみ、ますます働く気が失せた。

入社四ヶ月目、気まずさが限界まで膨《ふく》れあがって、ついに退職。

あらためて就職活動をする気力もなく無為に日々を過ごしていた。

山木家から連絡《れんらく》があったのはそんな時のことだ。

健史のみ勘当《かんどう》を解くので、折を見て挨拶に来るべし——と。

祖父は過去に実家を捨てたのだという。詳しい事情は知らされていないし、とくに興味もなかったので、応じる気もなかったのだが、日々をのべんだらりと浪費する息子を見かねた両親に促《うなが》されたのである。

「ダラダラしてるぐらいならおじいちゃんの実家に媚《こ》び売って、あわよくばおこぼれに預かってみなさいな。けっこうお金持ちらしいわよ？」

金がほしいわけではないが、気分転換には良さそうだと思った。

山木邸は威厳のある数寄屋門《すきやもん》で健史を迎えた。

門の左右から伸びゆく塀はかなり広々とした土地を囲っている。

わずかに覗《のぞ》ける家屋はどうやら一階建てらしい。

「本当のお金持ちの家だ……」

空間を贅沢に使う平屋造りの邸宅こそが真の富豪の住まいである。健史も建築に詳しくはないが、噂に聞いたことはあった。

古めかしい門に現代風のインターホンが張りついている。

健史は深呼吸を三回くり返して気分を落ち着かせた。

インターホンを押して反応を待つ。

『……健史さんですね。通用門からお入りください』

なぜ自分のことがわかったのか理解できず、健史は息を呑んだ。

正門の脇の小さな門から自動的に鍵の外れる音がして、ビクリと肩が跳ねる。見た目のわりにハイテクな造りで喫驚《きっきょう》した。

「失礼します……」

だれに見られているかもわからないので行儀良く一礼する。

門をくぐれば、想像通りの豪奢《ごうしゃ》な平屋造りが待っていた。

正面玄関まで歩を進めれば、目の前で引き戸が開かれ和服の女性が現れる。

「いらっしゃいませ、長浜《ながはま》健史さん。どうぞお上がりください」

口調こそ慇懃《いんぎん》だが眉を吊りあげて不機嫌そうな顔をしている。なんでこんな若造の相手をしなければいけないのか、と言いたげだった。年齢は三十代ほどか。女が熟して色気と威厳を併せ持つ年ごろだ。顔立ちの端正さが表情とも相まって威圧感を強めている。健史の苦手なタイプだった。

「どうかしたのですか。どうぞお上がりください」

「あ、はい、ごめんなさい」

健史は言われるまま敷居をまたいだ。脱いだ靴は左右そろえて隅《すみ》っこに置く。自宅では適当に脱ぎ散らしていたところだ。

「こちらへどうぞ」

板張りの廊下を案内されていく。

後ろから見ると結い上げた髪からこぼれた後《おく》れ毛が目立つ。藤色の着物からたっぷりと主張する尻肉も匂い立つように色っぽい。態度こそ威圧的だが、見た目はむしゃぶりつきたくなるような肉感的熟女である。

(これで優しい感じのひとだったらなあ)

内心で愚痴をこぼしていると、畳敷きの部屋に通された。

「こちらでお待ちください」

どうも、と答えながら、健史は立ちつくした。

広々した和室である。襖《ふすま》の仕切りを開放して二部屋分の広間となっている。

中央に三つ連ねた座卓があり、周囲に座布団が並んでいる。

床の間側の壁際のみ座椅子がひとつ鎮座していた。おそらく当主のような偉いひとが座るのではないか。客は少々距離のある対面に座るべきだろうか。それとも側面にまわるべきか。洋風建築で育った健史にはよくわからない。

「あの、これはどこに座れば……」

振り返ると不機嫌そうな顔はなくなっていた。

かわりに現れたのは華《はな》やかな笑顔だった。

「そっちのおざぶでいいんじゃないかしら？　わかりにくいわよね、こういうの」

ゆるやかにウェーブした栗色のロングヘアが場の空気を軽くする。薄桃色の七分丈《しちぶたけ》ニットに、一見するとロングスカートのようなワイドパンツも軽い色彩だ。少々派手だが軽薄な印象はなく、見る者を快活で明るい気持ちにさせる美女だった。

「ちょうどお昼の時間だし、ここでいっしょに食べましょう。けっこう美味《おい》しいのよ、うちのキノコ料理」

「はあ、キノコですか」

「特産品のヒトキタケをたくさん使ってね、食べるとお肌つやつやになるんだから。

エキスを抽出したらアンチエイジング商品に使えるぐらいで、工場はずっと不景気知らずなのよ」

ハキハキと話しながらも、彼女は健史を座椅子の対面の座布団に座らせた。雰囲気が良ければ要領もいい。

「私は桜子《さくらこ》。さっきのは母さんの藤乃《ふじの》」

「はじめまして、長浜健史です……えっと、さきほどの方がお母さん？」

「ヒトキタケのアンチエイジング効果、すっごいでしょ？」

見たところ桜子は健史と同年代かすこし上に見える。とすると母親の藤乃は三十代どころか四十代にも収まらない。化粧が上手《うま》いにしても限度がある。

唖然《あぜん》としていると周囲が賑《にぎ》やかになってきた。

家の人間とおぼしき者たちが座卓を囲んでいく。

使用人らしき中高年が座卓に料理を並べていく。

「ああ健史くん、楽にしてくれ。そんな格式ばらんでいいから。そんな畏縮《いしゅく》されたらこっちが申し訳ない！」

突然座椅子のほうから声をかけられて健史は背筋をピンと伸ばした。

「私は山木家の家長とやらを押しつけられたモンでね。勇蔵《ゆうぞう》という。そう大層な人間でなく、キミのおじいさんから見れば甥っ子になる。キミから見れば親戚のオッサンというやつだな」

山木勇蔵は呵々大笑《かかたいしょう》した。髪に白いものが混ざった初老の男である。隣に座る不機嫌な熟女の背をやんわり叩いてさらに大笑。

「うちの藤乃がビビらせてしまっただろう？　すまんなあ、圧《あつ》ってやつが強いのだよ、わが細君は」

「おやめください、お客さまのまえで」

「客でなく身内だろう、親戚なんだから」

「まだ正式にではありません。ちゃんと我が家の話をしてから……」

「かまわんかまわん！　それよりメシをどんどん食ってくれ！　都会育ちの口にしみったれたキノコ料理が合うかはわからんが、気に食わなければカツ丼でも作らせるから！　カレーのほうがいいか？　ハンバーガーか？」

「お父さんの都会のイメージちょっと古すぎじゃない？」

桜子が明るく言うと食卓に笑い声が重なった。

健史の気分も軽くなり、箸《はし》を進める気になる。キノコサラダ、キノコと川魚のマリネ、キノコと豚肉の煮物、キノコ入りの味噌汁、などなどキノコ尽くしだ。味はどれも良い。味付けが濃すぎないのも緊張した胃腸に優しい。

「で、勘当のことだがね」

勇蔵がお茶をすすって言う。

「先々代が遺書を残していたのだよ。馬鹿息子は二代に渡って勘当、ひ孫は成人したら山木家に迎え入れる、と」

「なのに成人したときにお手紙出すの忘れてたのよね、父さんが」

「いやー申し訳ない！　健史くん、勘弁してくれ！」

「い、いえ、そんな。自分は気にしてませんから」

祖父の事情など知らなかったので、放置されていても文句はなかった。恐縮されるとかえって申し訳なく、息苦しいものを感じる。

「それに……ええと」

はあ、と息をつくが、まだ胸が苦しい。心なしか体が熱かった。

耳鳴りがして、視界がやけに遠く感じる。

「健史くん？　どうした、健史くん？　顔が赤くなってるが……」

「ちょっと、どんどん赤くなってくんだけど！　これってもしかして……」

「だれか美月《みつき》さんを呼んでください……！」

山木家のひとびとの声が小さくなっていく。

視界がぐるりと半回転し、健史は倒れた。


意識が醒めても目を開けることができなかった。

体が熱くてまぶたが重い。横になって布団をかぶせられているのはわかる。

聞こえてくるのはなにやら深刻そうな会話だった。

「間違いありません。ヒトキタケのカミアタリですね」

「では、健史さんが……？」

「タケガミサマです」

言葉の意味はわからないが神妙な雰囲気に気後《きおく》れしてしまう。まぶたは徐々に軽くなっていたが、起きづらくて狸寝入りを決めこんだ。

ひたり、と額に冷たい手の平が当てられた。

「すこし熱が引いたかもしれませんね」

火照《ほて》った肌に冷たくて細い指が心地良い。きっと心の優しい女性だと思う。寝たふりをするのが失礼な気がして、健史は意を決した。

「あの……もうだいじょうぶです」

目を開けて見あげると女性が四人いた。

厳格な表情の藤乃。心配そうな桜子。そして健史の額に手を当てている柔和な目つきの巫女。彼女の後ろには山木家への道を教えてくれた若い巫女もいる。

「はじめまして。嶽神神社の大巫女を務める宮代《みやしろ》美月と申します」

「どうも……長浜健史です」

やんわり優しげな微笑《びしょう》に健史の頬《ほお》までゆるんだ。

「単刀直入に申しあげます。健史さんはヒトキタケに中《あた》ってしまったようです」

「特産品のキノコですよね……毒とかあるんですか？」

「中る方はごく稀《まれ》なのですが……体が火照ってすこし息苦しいぐらいですのでご安心ください」

ひとまず命に別状はないらしいので安堵《あんど》した。

「温泉にゆっくり浸かれば楽になるかと」

「うちが管理してる温泉があるのよ」

美月と桜子が促してくる。

「いやあ、挨拶にきただけなのに、そこまでお世話になるのもちょっと……」

「遠慮しないでよ、うちの料理で中ったんだから。ね、母さん？」

「勇蔵の許可もこちらで取っておきます。どうぞご自由に」

藤乃の態度もほんのり弱気に見えたかもしれない。客人が食あたりとなれば下手すると警察沙汰なので、当然と言えば当然か。

食あたりの微熱に湯治が効くのかは疑問だが、親切は素直に受け取りたい。

「わかりました。それじゃあ一風呂浴びてきます」

「それじゃ着替えたら声をかけてね、案内するから」

いったん女性陣は部屋を出て健史ひとりが部屋に残された。

枕元には浴衣《ゆかた》が用意されている。

身を起こして布団を出るとやけに肌寒い。全裸だった。

慌てて浴衣を着ようとして、困ったことに気付く。

「勃《た》ってる……」

股間がガチガチに張りつめている。二十代前半の若さであれば無理もないが、状況的にいささかつらい。

なんとか浴衣を身につけ、女性陣が出ていった襖を開ける。肩を縮めて前屈みのみっともない体勢である。

「すいません、お待たせしました……」

「いいわよ、私も今ちょっとやることやってるから」

廊下には桜子ひとりしかいない。スマートフォンをいじっている。

「ちょっと待ってね、旦那の許可が……あ、きたきた。うん、ＯＫだって。じゃあ行きましょうか。ちょっとした秘湯だから楽しみにしててね？」

桜子はウインクをして健史の手を握った。

「あ、あの、どうぞお手柔らかに」

「どうしたの、そんなに背中丸くして？」

健史の姿勢に疑問を持つ桜子だったが、すぐに「あ」と得心気味にうなずく。

「なるほどね。わかったわかった。若いねぇ」

「い、いや、べつに俺は……その……」

年長の美女に知られたくないことを知られ、健史は赤面した。

なすがまま手を引かれ、屋敷の裏口から外に出る。裏庭からは山道につながる細路があった。サンダル履きなので上り坂は気が進まなかったが、すこし登るとなだらかな脇道に入る。

木々の合間を数分ほど歩くと、竹垣で覆《おお》われた場所にたどりついた。

一ヶ所が片開きのドアになっており、そこを開いて中に入る。

「こちらが嶽神の秘湯になりまーす」

「へえ……風情がありますね」

岩場に囲まれた温泉が濃厚な湯気を立てていた。

竹垣のすぐそばに屋根つきの籠《かご》置き場がある。脱衣所だろう。

「それじゃあ……あとは自分でやりますので」

「遠慮しなくていいから、ほらほら」

「あ、待って！　脱がさないでください！」

浴衣の帯を引っぱられ、あれよあれよと脱がされていく。とっさに手で股間を覆うが、あまりに元気よく勃起《ぼっき》してるので隠しきれない。

「は、入ります！　俺、温泉入りますから！」

健史は全裸で駆け出そうとした。乳白色の湯に飛びこめば股間も隠せる。未使用の新品棒を美人に見せないためにも、全力疾走したいところだ。

「まずはちゃんと体の汚れを取ってからね」

籠の横にあった桶とタオルを手渡され、目論見《もくろみ》はあっさり破綻《はたん》した。だがタオルのおかげで股間を覆い隠せるのは怪我の功名である。

「ここまで案内ありがとうございました！　あとはひとりでなんとかなります！」

そそくさと入った洗い場は、脱衣所の陰になっていた。

竹の庇《ひさし》の下に蛇口とシャワー、風呂椅子がある。

健史は風呂椅子に座り、両腿《りょうもも》にタオルをかけたままシャワーを頭からかぶった。桶にはシャンプーも入っていたので髪を洗う。頭皮もしっかり揉《も》みこむ。屋敷までの道のりでたっぷり汗をかいたのでひどく気持ちがいい。

シャンプーを洗い流して一息つく。

「お背中失礼するわね」

「へ」

後ろから太腿《ふともも》のタオルを取られた。桶も奪われた。

「うわっ、桜子さんッ」

思わず振り向きそうになるのを堪《こら》える。もし彼女も自分とおなじように全裸であれば洒落にならない。

背中に泡だったタオルが擦《こす》りつけられた。

「お加減はいかがですか？」

「程よく強くて気持ちいいです、けど……俺、これぐらいできますから！」

「遠慮しないでよ、キミはタケガミさまなんだから」

「そのタケガミさまというのは……？」

さきほど布団の中でも聞いた言葉だ。カミサマ呼ばわりなど人生で一度もされたことはないが、何のことだろう。

「ヒトキタケに中った男性は、特別扱《あつか》いされる習わしなの。中るのは基本的に女ばっかりなんだけど、ごく稀に男が中った場合は症例もちょっと違ってて」

「ほうほう」

「精力絶倫になるのよね」

「はい？」

背中からタオルが離れ、肩に柔らかくもしなやかなものが絡《から》みついた。

それは肩から腕へと揉み洗いをしていく。桜子の手だった。ボディソープでも使っているのか、たっぷりと泡が立っていた。

「体が火照るのも精力が上がっているからよ。すごく勃起してるでしょ？」

「ぼっ……！　いや、そんな、俺は……」

「隠さなくてもいいって。さっきしっかり拝見しました。目の保養になったわ」

耳元で囁かれて股間にむずがゆさが走る。

「気弱なわりに立派なモノを持ってるのね、健史くん」

腕から手首、そして指へと桜子の手洗いが移動していく。指が指に絡みつき、ねっとりと淫猥《いんわい》に愛撫をはじめる。

「桜子さん、あの……こういうのは、ちょっと」

「興奮するでしょ？　タケガミさまになると女が欲しくて堪《たま》らなくなるはずだから。私はタケガミさまを見るのははじめてだけど……」

ふう、と耳に息を吹きこまれて背筋が粟立《あわだ》つ。股間がますますいきり立つ。

「やっぱり言い伝えどおり、こっちも熱くなっちゃうわ。フェロモンが出てるんでしょうね、ツキワズライの女に効くような」

「ツ、ツキワズライ……？」

「女がヒトキタケに中ったときの症状よ。個人差が大きいんだけどね。生理不順とか不妊症、多淫症、逆に性欲がぜんぜんなくなったり、性に関することで異常が出ちゃうの。このあたりの風土病ね」

唇が耳朶《みみたぶ》をかすめ、甘美なくすぐったさに健史は身震いした。桜子の声が艶《つや》っぽさを増しているのも効く。童貞には刺激が強すぎて声も出せなくなっていた。

「私もツキワズライでね、赤ちゃんがなかなか出来ないの」

重い話だが彼女の声音《こわね》はなお甘ったるい。

はむ、と耳を噛《か》まれて健史の腰が跳ねる。その刺激だけで射精するかと思えた。

「いろいろ不妊治療は試してるけど、うちの旦那も焦《あせ》ってるのよね……赤ちゃんができなかったら次期当主の地位も危ういし。そんなの気にしなくていいって私は言ってるけど、あのひと婿《むこ》養子だから余計に自分の立ち位置が気になるのかしら。かわいいでしょ？」

くすりと笑う声は夫への愛情をたしかに感じさせた。なのに、違う男にこれほど密着してくるのはどういった了見だろう。

あいにく健史は女性の機微を知るには経験が乏しすぎた。

「あのひとのためにもツキワズライを治して赤ちゃんがほしいの」

「な、なるほど……？」

「ツキワズライを治してください、タケガミさま」

「俺が……？　できることがあれば手伝いますけど」

勢いで答えてから後悔した。

たぶん自分は大きな過《あやま》ちを犯してしまった、と。

「ありがと、健史くん……それじゃあ言質《げんち》取ったから遠慮はしないわよ？」

桜子の声には、してやったりの響きがあった。

「俺はなにをすればいいんですか……？」

「タケガミさまとの交わりでツキワズライは癒やされる……と言われているわね」

「交わりっていうのは」

答えはわかりきっているが、自分から言い出せずに健史は生唾《なまつば》を飲んだ。

ふにゅり、と背中にとびきり柔らかいものが当たった。圧迫されて潰《つぶ》れる。

たぶん胸。乳房。女のひとの、おっぱい。

激しい動揺に硬直する健史の体を、桜子が撫でまわす。細い指先が男らしい筋肉の隆起をなぞり、大胸筋から腹筋、そして下腹へ。

焼けた鉄のような剛直を握りしめた。

「セックスよ」

鼓膜に響くささやき声と肉棒をしごきだす手つきに、健史は全身を硬くした。返事をしようにも言葉が出てこない。

桜子はゆっくりと逸物《いちもつ》をしごきながら、他方の手で揉み洗いを続行していた。どちらも落ち着いた動きで、快感を刺激しながら汚れもしっかり落としていく。まだ若いとはいえ人妻ならではの手管《てくだ》だろうか。

「さ、桜子さん、でも……」

将来を誓いあった相手がいる女性と性行為をするなど考えられない。いくら夫が了解しているとはいえ、欲情よりためらいが勝手しまう。

「あら、もうヌルヌルしたのが出てるわよ？　それにすっごい量……これって若さのせいかしら？　それともタケガミさまだから？」

「い、いや、俺はよくわかりませんけど……！」

「それにとってもたくましいわ……さすがタケガミさま」

ペニスをしごく手がすこしずつペースをあげていた。愉悦《ゆえつ》が高まって海綿体が膨らむと、性感神経がますます敏感になる。

「あ、あれ……？」

「どうかしたの？　気持ちよくない？」

「すごく気持ちいいんだけど……俺、こんなに大きかったたっけ」

人妻の掌中で肉棒の存在感がやけに大きい。もとは日本人男性の平均サイズであったが、軽くひとまわりは肥大化しているのではないか。

「たしかにご立派……うちのひとより格段にね。うふふ、燃えてきちゃう」

舌なめずりの音が耳元で聞こえた。

「私ね、大学時代けっこう遊んでたの。旦那のまえでは抑《おさ》えてるけど、タケガミさまには特別に本気を出してあげるわね」

　揉み洗いに徹していた左手が健史の胸にあてがわれた。

　指先でこちょこちょと乳首をいじりはじめる。

「あ、あの、そこ、俺、男なんですけど……」

「男の子だって乳首で感じるのよ？　ほら、胸に意識を集中してみて」

　爪の先まで形を整えた美しい指が、男の小さな突起をもてあそぶ。ほんのすこしむずがゆいだけで、気持ちいいわけではない——というのは一時のことだ。

　徐々にピリピリと微弱な電流が走りだした。

「あっ……なんか、ちょっと痺《しび》れるかも……」

「ふうん、もう慣れてきたのかしら。タケガミさまになると性感神経自体が敏感になるのかもね。ほら、可愛い乳首ちゃんが尖ってるわよ？」

「うっ、くぅうっ……！」

　乳首の微電流が股間の激しい愉悦と呼応するように高まっていく。脳で感覚が混線していく。

　後ろから抱かれて、なすがままの愉悦に身震いした。

　まるで女になったような倒錯感がなおのこと健史を惑わせる。

「はっ、ふう、ふうっ、桜子さん……！」

「初々《ういうい》しい反応ね、かわいい……健史くんってもしかして童貞？」

健史が言葉に詰まると、桜子はさも嬉しげに含《ふく》み笑いをした。

「ひさびさの童貞かあ。何年ぶりかしら」

「い、以前はよく童貞の相手を……？」

「童貞喰いの桜子とはわたくしのことですのよ？」

たしかに愛撫の手つきは童貞の健史を適切に責めていた。

ただ強く刺激するだけでなく、適度にゆるめて焦《じ》らすこともある。

ペニスをしごかず、裏筋をくすぐるだけ。

乳首を避けて乳輪だけをなぞる。

「くっ、ううぅ……！」

焦らされると欲求が高まり、連鎖的に性感も過敏化していく。ビクン、ビクン、と逸物が震え、乳首もますます尖っていく。

「旦那みたいな年上もいいけど、年下の子を虐《いじ》めるのも好きなの」

桜子は狙い澄ましてペニスを強く握り締めた。親指を裏筋に添えて上下擦りを再開。

一気に押し寄せる快感に健史の腰が浮く。

乳首をつまんで引っ張られると、これまでより段違いの快感が突き刺さった。

「あっ、うくッ、ああっ……！」

「声が女の子みたいになってきたね。かわいいタケガミさま……」

限界だった。抗《あらが》おうにも抗いきれず、膨張した快楽に腰が弾《はじ》け飛ぶ寸前だ。

「イッちゃえ」

かぷ、と耳を噛まれた。

その刺激が引き金となり、白い弾丸《だんがん》が射出する。

びゅるり、びゅーッ、びゅーッ、と勢いよく快楽のエキスが出た。

「えっ、あっ、うわっ、こんな出っ、出るなんてッ……！　ああうッ！」

かつてない快感だった。ペニスが焼けて、脳が溶ける。オナニーでの射精とは比べものにならない。絶頂の脈動に引きずられて風呂椅子から滑り落ちそうになる。

そんな悦《よろこ》びが長々と続いていた。止まらない。

「うわぁ、すっごい。まだ出てる……え、そんなに？」

桜子も延々とつづく射精に目を瞠《みは》っていた。

蛇口のまわりが白濁《はくだく》で汚しつくされていく。もちろん逸物を握った桜子の手も同様である。その手が動くたびに精管がうねって濁液が出た。

「こ、これ、やっぱり病気なんじゃ……！」

タケガミさまとは重篤《じゅうとく》な病気を都合よく言い換えただけではないのか。

大量射精病とでも呼ぶべきではないのか。

全身の体液がすべて排出される勢いだった。

「あ、でもほら、勢いが落ちてきたわよ」

「ほ、ほんとだ……！　あっ、でも手は止めてくださいっ……！」

懇願して手淫を止めてもらうと、ゆっくり射精は止まっていった。

健史は安堵して息をついた。

中学生の時分でもこんなに出したことはない。人間離れしているとすら思う。

(気持ちよくはあったけど……)

射精時間の継続はそのまま快感の持続も意味していた。めくるめく至福の時間に酔いしれ、内心もっと味わいたい気持ちもある。

けれど、そう素直に受け止められるかと言えば、否。

「まだ全然元気そうね」

「ですね……まだ全然勃《た》ってますね」

海綿体は疲労すら感じさせずに屹立《きつりつ》していた。

「ちょっと調子に乗って勿体《もったい》ないことしちゃったかしら。タケガミさまの精液はツキワズライの特効薬なのに」

「え、じゃあ飲むんですか？」

とっさに答えて、すぐさま後悔した。

耳元でまた舌なめずりの音が聞こえたのだ。

「そうね。経口摂取も大事よね」

桜子との行為はまだまだ終わりそうになかった。


石鹸の泡と精液を落としたのち、健史は温泉に浸《つ》かった。

縁《ふち》の岩に背を預けて息を吐く。

感嘆のため息だったかもしれない。

目の前に美女の裸体が晒《さら》されていた。

「まだ体型ぜんぜん崩れてないでしょう？　大学のころとウエストは変わってないんだから。ヒップはちょっと、だけどね」

彼女は後頭部に両手を当て、腰をよじり、おのれのスタイルを誇示する。

山木桜子は見事なくびれ体型だった。

背が高めで脚が長く、バストは美しいお椀型《わんがた》。腹にはうっすらと腹筋が浮かんでいる。無駄な肉のない体つきと言っていい。

ただ一点、お尻は肉付きが厚かった。皮下脂肪を溜めこんでたっぷりと丸みを描いた安産型である。尻からつながった太腿もむっちりしている。交わった男に肉の柔らかさを直接的に伝える造形だった。

「綺麗、です」

童貞男の臆病さをたやすく蹴散らす魅惑のボディがそこにあった。生唾をいくつ飲んでも足りない。逸物も鎌首《かまくび》をもたげている。

この女を抱きたい、と股間が脈動して訴えていた。

人妻だろうと関係ない。いや、むしろ人妻だからこそ燃える。

(旦那よりよがらせることができたら、きっと最高に興奮する)

そんな背徳的な欲望すら健史の内側で息づいていた。

「この秘湯にはタケガミさまのご利益を強める力がある、と言われてるのよ。不妊治療にももっと効くだろうって」

桜子は興奮のあまり身動きできない健史に近寄ってきた。膝立ちですこし前屈みになれば、垂《た》れ下がった髪と乳房が水面を撫でる。

彼女が赤い唇を舌なめずりすれば、健史の腰はそれだけで持ちあがった。湯の浮力も借りて、赤々と腫《は》れあがった亀頭が水面から飛び出す。激しく脈打つ様《さま》は獰猛《どうもう》な獣のようであり、怯《おび》える小動物のようでもあった。

「ああ、タケガミさま……わたくしにご利益をくださいませ」

桜子は大袈裟《おおげさ》に祈って見せたかと思えば、そっと口元を亀頭に寄せた。

ちゅ、とキスをする。

「うっ」

悶える健史を上目遣いに確認し、ちゅっちゅっとキスをつづける。

快感そのものは微弱なものだが、童貞には強すぎる刺激だった。快活な笑みで場を和《なご》ませていた口が、今は男を悦ばせる器官となっているのだ。しかも結婚して夫のいる人妻となれば背徳感がカンフル剤になる。

（は、はじめての相手が人妻なんて……！）

そんじょそこらの人妻ではない。富豪一族の美女である。気さくな性格ではあっても仕草にさりげない気品が漂《ただよ》っていた。明るい笑顔にしてもそうだった。

なのに彼女は舌をねろりと伸ばして、口元を下品に歪《ゆが》めてくる。

「れろ……くちゅっ、ちゅくちゅくッ、じゅるぅぅう……」

「あっ、うわあぁ……！　舌、すごっ……！」

たっぷりと唾液《だえき》の乗った舌が亀頭に絡みついてきた。ゆっくりと、ねっとりと、見せつけるように蠢《うごめ》く赤いなめくじ。亀頭いっぱいに掻痒感《そうようかん》が満ち、ビクン、ビクン、と跳ね動けば、ぱくりとくわえられた。

「ちゅっ、じゅっ、ぢゅううゥッ……ぢゅるるるっ、ぢゅっ」

桜子は吸った。亀頭の段差を唇で締めつけながら、口内を真空状態にする。彼女の頬が削げ、熱い粘膜がペニスにみっちりと張りついた。全方位から圧迫しつつ、顔をゆっくりと上下に動かす。

「あっ、あっ、はぁああッ……！　桜子さん、上手《うま》い……！」

強い圧迫と摩擦でかきむしられ、むずがゆさの解消に強烈な愉悦がともなう。健史の反応を見て的確な刺激を与えているのだろう。大学のころ男遊びをしていたというのも、うなずける技巧だった。

「んふふ……まらまら、これからよ」

口内で舌が動きまわった。唾液と先走りのぬかるみでぷぢゅぷぢゅと泡を潰し、その細かな刺激も男根の快楽に変えていく。

さらに彼女が顔を傾《かたむ》けると、竿先で頬がぽっこり膨らんだ。そこを指で突っつけば、また別種の快感が亀頭を襲う。

かと思えばまた顔を上下させた。さきほどよりも唇を強く締めつけ、敏感なエラ部分を重点的に責める。

「はっ、くッ、あぐっ、くううぅうッ……！」

多彩な口淫に健史が反応をするたび、彼女の目は細められてなにかを見据えた。

そしてますます精度を高めて口舌を振るう。

海綿体が限界の痙攣《けいれん》をきたしたかと思えば、ぱっと口を離した。口と亀頭をつなぐ液体の糸をちゅるりと吸いとる。

「はー、このおち×ちん美味《おい》しいわあ」

「おいしいんですか……？」

「セックスの快感を知ってる女はね、おち×ちんしゃぶると美味しく感じちゃうものなのよ。これをどうハメたら気持ちよくなるか想像してね」

「な、なるほど……」

女性の感覚はさすがによくわからない。

「それにほら、見てみなさいよ。ガマン汁、すっごい量よ」

桜子がペニスを手でしごけば、鈴口からとぷとぷと透明なつゆがあふれ出す。いくらでも出てくる。たびたび桜子がなめ取らなければ温泉が汚されるほどに。

「さっきの射精もすごかったし、二度目でどれぐらい出るのかしら」

妖艶《ようえん》な笑みを含めた唇がふたたび男根に食らいついた。

ぢゅるるるる、と激しく吸引する。

頭を前後に振って、ちゃぷちゃぷと水面を顎で弾く。

ぢゅっぽぢゅっぽ、と唇で肉茎をしごく。

根元を握りしめて擦りあげるのも忘れない。

「あっ、あっ、あッ！　待って、出ますっ！　これ出ちゃいますッ！」

「んー、ふふっ、ぢゅっ、ぢゅるるッ、ぢゅぱっぢゅぱッ！」

健史の悲鳴は口淫の激化を招くだけだった。

快感が肉棒に充《み》ち満ちて、陰嚢《いんのう》がぐっと持ちあがる。いまにも爆《は》ぜそうだった。

そこにきて桜子の頭が思いきり沈みこむ。

ごちゅり、と亀頭が突き当たりにぶつかった。喉《のど》だ。

先端からの圧迫で性感がぎゅっと圧縮され、パンッと弾ける。

「あッ……！」

マグマのような灼熱感が尿道からほとばしった。腰が吹っ飛ぶような喜悦に健史は総身を震わせる。柔らかくも温かい口腔粘膜に包まれての射精は、手でイくときとはまったく違う快感があった。

（まずいッ、さっきよりも出る……！）

いけないと思うのに動けなくなるほどの絶頂感である。

「んっ！　ぐッ！　んんんッ……ごくっ、ごくッ、ごくんっ」

桜子は一瞬眉をしかめるが、喉を鳴らして大量の粘液を嚥下《えんげ》していく。一滴《いってき》たりともこぼすことはない。湯を汚さないためかと思いきや、目元が徐々に緩《ゆる》み、うっとりと呆《ほう》けるような表情に染まっていく。

――おいしい。

感嘆の声が聞こえるかのようだった。

精液を一滴残さず飲みほすと、桜子はけぽっと小さくおくびを漏らした。

「あっ……失礼しました」

頬を赤らめて恥じ入る姿に健史はどきりとした。とびきり淫《みだ》らな口淫に耽《ふけ》ったあとに品性のギャップを見せられると、可愛らしいとすら思えてしまう。

「じゃあ次は本番のセックスといきましょうか」

身をもたげて言うセリフに恥じらいはなかった。

それが悪印象でもなく、むしろ彼女の二面性を表すようで微笑ましい。

(素敵なひとだな……桜子さん)

人妻との背徳的な行為のはずだが罪悪感が薄れていく。彼女に童貞を食べられてしまいたいと強く思った。

だから、すべてを受け入れた。

彼女に手を引かれ、温泉の縁《ふち》の石に腰を下ろす。しばらく湯に浸かってフェラチオをされていたので体温はすっかりあがっていた。

「膝のうえ、お邪魔するわね」

桜子は健史に背を向け、股上に腰を下ろしてきた。屹立したままの逸物を手で支え、秘処に招き入れていく。

ぬちゅり、ぬぷり、と濡れそぼった肉唇が硬棒を飲みこんでいく。

「ああっ……あ、その、コンドームは……？」

「タケガミさまのご利益はナマでないと半減しちゃうのよ」

真偽の程は不明だが逆らうつもりはない。危ないところで抜けばたぶん大丈夫だろうという希望的観測に従う。本音を言えば、せっかくの初体験は生挿入でありのままの女性器を感じたかった。

「ああっ、あったかい……！」

桜子の中は温泉に負けじと温かかった。適度に心地良い熱さである。ねじれるような蠢動《しゅんどう》でペニスを圧迫するのもたまらない。海綿体の凝《こ》りが揉みほぐされるような感覚だった。

なにより膝に感じる重みが生々しい女体を感じさせる。丸みを帯びた尻肉がとびきり柔らかくて心地良い。

「うふふ、初めてのセックスはいかが？」

「い、いいですっ……！　ああっ、桜子さん、桜子さんっ……！」

我慢できずに健史は桜子を抱きしめた。腕に乳房の弾力を感じて、また興奮が高まっていく。肉棒がさらに頭をあげた。

「あっ、中で太くなってる……あんっ、大きいっ。反りもエグいっ。このまま、ぐーっとハメていったら……んううッ！　あはっ、気持ちいいとこ当たるうっ」

ペニスが根元まで咀嚼《そしゃく》された。

丸ごと女性器に喰われてしまったのだ。

手とも口とも違う密閉された快感に、男根神経が沸騰する。

「ぐっ、あぁぁぁあッ……！」

「あらっ、ビクビクッてしてる……もうイッちゃうの？」

そのときの桜子の声はとびきり愉《たの》しげで、ひときわ淫猥だった。

「いいわよ、イッちゃっても……ほらイッて、イけッ！」

大きな肉尻が円を描いた。

激しいグラインドで肉棒が右へ左へ振りまわされ、摩擦感に燃えあがる。

一瞬で決着がついた。

「あああッ！　イクっ、あっイクっ！　抜いてッ、桜子さん抜いてッ……！」

「だーめ。タケガミさまのご利益ぜーんぶおま×こでいただきますっ」

どすんと重たい尻肉を叩きつけられ、健史は暴発した。

銃弾のような熱塊を吐出する。何度も何度も長々と射精する。三度目の絶頂も色あせることなく、全身が沸き立つほどの快感だった。

「あっ、量すっご、あんッ、びゅーびゅーー出てる……これマズいかも。垂れちゃうかも。お湯に精液混ざっちゃうのはダメよね……んっ、あはんッ」

桜子は尻ばかりか背中で体重をかけてきた。

健史が石畳に仰向《あおむ》けとなると、結合部から勢いよく白濁があふれる。ごぷりごぷりと塊で飛び出すが、危ういところで湯の手前の石に流入を阻《はば》まれた。

「これならお湯に入らないから、好きなだけどぴゅどぴゅしてね……あんっ、あー、子宮に入ってるのわかるわあ、最高おっ」

男汁を胎内で受け止める悦びに桜子も昂《たか》ぶっていた。

「もう我慢できないわっ……！　健史くん、全力で動くからねっ」

「えっ。あっ。あぁぁあッ、待って、待ってくださいッ！」

桜子の上体が持ちあがり、馬乗りで弾《はず》みだした。

豊かに実った桃尻が健史の視界で大きくなったり小さくなったり。ど迫力の前後動だった。射精中で敏感になったペニスには強すぎる快楽だ。

が。

「ぐっ、うっ、つらい、けどッ……！」

オーバーフローした快楽は本来なら苦痛にも等しい。それでも耐えられないほどではない。むしろ健史の腰も釣られて動きだす。体が愉悦を欲しているのだ。底なしの欲望は若さだとか個人の素質で片付けられるものではない。

（ヒトキタケのせいでタケガミさまっていうのになったから……？）

実際に神さまであろうはずもない。それでもバケモノじみて精力絶倫で、快感の許容量が大きい。すべてセックスを楽しむための性能だと思えた。

だから腰を振った。熱い肉襞《にくひだ》を擦りまわした。

「あんッ！　あへッ！　あっすごいッ！　健史くん、射精しながら動いてるっ！　あーこれヤバすぎッ！　こんなの知らないっ、はじめてぇッ……！」

桜子の喘《あえ》ぎ声が刻々と歪んでいく。リップサービスでなく本気で未知の快感に翻弄《ほんろう》されている。長い髪を振り乱してよがる姿はあきらかに余裕をなくしている。

人妻の弱いところを攻めたい。

健史はそう思った。

「ここどか、どうですか……！」

尻肉をつかんで腰を突きあげる。

「はへえッ」

ひどくみっともない悦声が桜子の唇をついて出た。

膣奥のコリコリした突起を思いきり押しあげたのが効いたらしい。

「ここですね？　ここが気持ちいいんですね！」

「あんッ、あへっ、そうよっ、そこがいいのよッ……！　そこが子宮口なのッ、女の体で一番深く感じちゃう場所よおっ……！」

桜子は腰振りのペースを調整し、より強く亀頭がめりこむようにしてきた。敏感な部位を潰されるたびに背筋を反らせて痙攣する。

ひどく淫猥な眺めだった。

人妻が男の竿一本に支配されているかのようだ。

さきほどまで童貞を誘惑して手玉に取っていた淫婦がである。

（これがセックスか……！）

感動のあまり腰遣いが加速する。射精しながらなのに止まらない。突きあげるたびに結合部から濁液があふれ出た。

難を言えば、石畳で背中が痛いことぐらいか。

「ちょっと失礼しますよ、桜子さん」

「あっ、んんんッ！　あぁあッ、奥持ちあがるぅぅうッ！」

健史は腰から持ちあげるように膝を立て、足を立て、彼女といっしょに立ちあがった。より急角度で膣奥を突きあげる形になり、桜子の喘ぎ声が大になる。

「ああッ、あんッ、あはあッ！　すごいわ健史くんッ、はじめてでこんな体位ができるなんてっ、セックスの才能ありすぎよおッ！　ぁあーッ！」

桜子は上体を屈めて両膝に手を置くことで姿勢を安定させていた。特殊な体位にためらうことなく適応する様は百戦錬磨《ひゃくせんれんま》の風格である。

膣肉の蠢きもすさまじい。狂おしくよじれて肉茎を締めあげた。ゆっくり漏出する程度になっていた精子をさらに搾《しぼ》り取《と》ろうとしてくる。

「ぐッ、ふうッ、ふうッ、うぅうぅッ……！」

「私のおま×こよく動くでしょ？　腹筋の使い方にコツがあるの」

さらに蠕動《ぜんどう》が変化する。肉壁越しに手指でいじりまわされているかのようだ。かと言って襞肉愛撫に身を任せていても男がすたる。仮にも神と呼ばれるものになったのだから、威厳は必要なのではないか。

「このっ、このっ……！」

健史は歯を食いしばって腰を振った。激しく突いたほうが自分のペースに持ちこみやすい。下腹で柔尻をパンパンと打ち据えていく。

「んあッ！　あーッ！　いいわぁ、後ろから激しくされると犯されてるみたいで燃えるわぁ……！　あんッ、あはあッ！」

犯しているとは物騒だが、やけに心が躍る形容だった。

我が物顔で女をもてあそび、好きなように快楽を貪《むさぼ》る凌辱《りょうじょく》行為。本来なら許されざる暴行だが、あくまでこれは比喩的表現《ひゆてきひょうげん》。女性側も悦んでいるなら、むしろもっと愉《たの》しむべきなのだろう。

「旦那以外の男に犯されてそんなに気持ちいいのかッ！」

芝居がかったセリフを言い、魅惑の臀部を鷲づかみにした。言葉が効いたのか尻への刺激が効いたのか、桜子は膝を震わせて感じ入る。

「あぁぁ、いいわぁ！　浮気で興奮しちゃうわぁッ！」

「この淫乱めっ、このこのッ！　不妊治療より浮気が好きなだけだろ、このッ！」

「んんッ、だってぇ！　若くて元気なおち×ぽ大好きなんですものおッ！　あぁあッ、ひぁあぁあーッ！」

膝の震えが背筋にまで広がっていた。突かれるたび大胆に波打つ尻肉と並んで眼福である。腰の振り甲斐がある。

（セックスってこんなに楽しかったのか）

感動のあまり海綿体が歓喜の電流に支配されていく。

漏精《ろうせい》が収まってきたタイミングで、次なる絶頂が見えてきたのである。

出したい、と思う。

けれど素直に出すのは勿体《もったい》ないとも思う。

「おねだりしてよ、桜子さんッ」

彼女の弱点である子宮口を執拗《しつよう》に連打しながら強要した。

案の定、彼女はさも愉しげな声音で応答する。

「ああっ、どうか哀れなメス穴にお情けをくださいッ！　タケガミさまの子種がほしくて狂ってしまいますぅッ！　おねがいっ、くださいぃいッ！」

声が媚びているばかりか、腰尻も左右に揺れ動いておねだりしている。男が悦ぶ動きを知悉《ちしつ》している淫婦の手管だった。見た目ばかりでなくペニスにかかる快楽の負荷も大きい。肉棒が限界間近で痙攣しはじめた。

「うっ、ぐッ、出るぞ……！　ほしがってたタケガミの子種だ……！」

「ああぁッ、ちょうだいッ、ちょうだいぃいッ！　精子っ、せーしぃいッ！　どろっどろに濃いやつ中に出してぇええええッ！」

健史はくびれた腰を引き寄せざま、肉槍を思いきり突きだした。

ごちゅり、と子宮口を突き潰しながら、煮えたぎった欲望を解放する。

「あぁあああああ～～ッ！」

噴出する神の種が桜子を極楽浄土に押しあげた。身も世もない嬌声と膣震えが同期して、さらに男根を搾りあげる。

ぎゅう、ぎゅう、と締めあげられて、びゅー、びゅー、と射精した。

他人のものである人妻の膣内を好きほうだいに汚していく。

背徳的な交わりに脳が溶けていく。

溶けた脳が射精といっしょに飛び出していく感もあった。

「くううッ、気持ちいい……！　すごい……！」

あふれ出した粘液が、ぱたた、ぱた、ぱた、と石畳を打つ。散々注《そそ》ぎこんだ後なので、出すたびに大粒の精子がこぼれ落ちていた。ふたりの脚にも大量に伝って下半身全体が粘ついている。

「私もすっごく気持ちいいわあ……！　ああっ、イクの止まらないっ……！　こんな射精されたの初めてえ……妊娠しちゃうかも」

「え」

さすがにそれは、ちょっと。

言葉に詰まると桜子がくすりと笑う。

「安心して。旦那とはそのことも話しあってるから……不妊が治るならキミの種でも良しって。そのかわり親権はあくまで私たちよ？」

「え、あの……そうなんですか？」

「いいから今は射精に集中して。ほら、もっと出るんでしょ？　びゅーびゅーって気持ちいいでしょ？　ほおら、出せ、出せっ」

強烈な肉壺運動を受けて、健史は快楽に屈した。


事後、さすがに健史はへたりこんだ。

下半身に心地良い痺れが残っているが、気だるさはとくにない。その気になればまだまだ交合できるだろう。

「ふうん、まだ余裕があるみたいね」

桜子は手桶に湯を汲んで、健史の下半身を流してくれた。大量の白濁が湯に紛《まぎ》れて排水溝を滑っていく。あらためて見ても驚異的な射精量である。十発、いや何十発分も出したのではなかろうか。

「ヒトキタケに中るとここまで変わるんですね……」

タケガミさまの風習に突飛さは感じるが、常識外れの射精をした後なら「そういうこともあるかもしれない」と思えてしまう。

「そうよね、一日寝込んだだけでこれだけ精子が充塡《じゅうてん》されるなんてビックリよね」

「ですね、一日でこんなに……一日？」

想定外の単位が出てきて健史は眉をひそめた。

「あら、言ってなかったっけ？　キミ、倒れてから一日寝込んでたのよ。ずっと体が熱かったけど、やっぱり精子を急製造してたのかしら？」

「一日寝たぐらいじゃ、こんなにも射精できないと思いますけど……」

あまりの事態に慌てふためくより、ひたすら困惑するしかない。

ぐう、と腹が鳴る。

「とりあえずご飯を食べましょうか。私のツキワズライが治るまで、たくさん食べてたくさん治療してもらうわよ？」

桜子の笑みは快活にして妖艶である。

健史の神さま生活はまだはじまったばかりである。

第二章　厳格熟女の被虐交尾

彼女が動くたびに障子と襖が小刻みに揺れた。
健史にあてがわれた客間に生臭い精臭が立ちこめている。
じっとりと湿りかえった布団のうえで、ふたりの股から濁液が漏《も》れていた。
「あっは、また中出しされちゃったあ……最高ぉ」
男の股のうえで桜子が絶頂に震える。すっかり病《や》みつきの様子だった。
射精しているほうも愉悦に呆けてため息をついている。
「おっ、おー、ほおぉ……あー、今日もめちゃくちゃ出るなぁ」
嶽神村にやってきて一週間。
不妊治療の名目で桜子と毎日セックスをしていた。
無職なので時間に余裕はある。滞在中は食費もかからないし、山木邸には意外にも
Ｗｉ－Ｆｉがあるのでネットを見ることもできる。

(さすがに自堕落すぎないか)

爛《ただ》れた生活に不安を覚えるが、セックスの快楽からも逃げられない。桜子に誘われると、ついつい腰を振ってしまう。

「本当に恐ろしい量の精液よね……お布団、毎日替えないとダメだし」

「面目ありません……」

「私に謝らなくていいわよ、お布団の洗濯はスズキさんたちのお仕事だから」

使用人の方々に謝りたい気持ちはあるが、どう謝罪すべきかわからない。毎日精液まみれのお布団を出して申し訳ございません、などと言うのも間が抜けている。

「せっかくだし、お口にもいただこうかしら」

桜子が腰をあげて結合を解くと健史の股に白い滝が流れ落ちた。

すかさず彼女は身を翻《ひるがえ》し、陰茎の根元を強く握り締める。出しっ放しの精液がせき止められ、絶頂の快感も中断した。

「うっ、あぁああッ……!」

「はーい、ちょっとだけ溜めましょうね。溜めて溜めて、溜めてぇ……ぱっ」

手が離された途端《とたん》、鬱積《うっせき》していた愉悦もろとも濁液が噴きあがった。

「あっ、くうぅうぅッ」

「きゃっ、顔にッ、あはっドロドロっ」

美麗な顔が粘液にまみれても桜子は笑みを浮かべていた。むしろ悦ばしげに口を開け、汚臭ただよう肉汁を舌で受け止める。

口にたっぷり溜まっていくのを見せつけてから、唇を閉じて、飲みこむ。

「んぐっ、ごくっ、ごくっ……ごちそうさまでした、あーん」

ふたたび開口すれば、口内には白濁の一滴も見当たらなかった。

「そんなに飲んでお腹壊れませんか？」

「むしろ絶好調よ？　タケガミさまの体液はヒトキタケの健康成分が濃縮されてるから胃腸にも美容にもいい……っていうのは本当か迷信かわからないけど」

言われてみれば、健史と交わりだしてからの桜子は顔色がいい。もともと悪かったわけではないが、肌艶もよくなっている気がした。

「この精液も瓶に詰めたら売れるんじゃない？」

「さすがにそれはちょっと……」

「いいじゃないの、せっかくこんなに出てるんだし」

困ったことに精はまだ出つづけている。いまは漏れ落ちるような勢いだが、快感を重ねればまた火山の勢いを取り戻すだろう。

「でもこの出しっ放しはちょっと……どうすればいいのかな」

「自分で抑えられないの？」

　こともなげに桜子は言う。硬いままの肉棒をなめ回し、まとわりついた白濁を味わいながら。

「抑えるって言っても、どうすればいいんです？」

「お尻に力を入れて尿道の根元を締めつけるみたいな感じでいけない？　さっき私が手で握って止めてたのを自分でやるイメージ」

「そんな簡単に言われても」

　不可能だろうと思いながら、とりあえず肛門に力をこめてみた。

　精の漏出が止まる。

「……あ、できた」

　想像以上に簡単だった。

「そうして溜めこんだほうが後で勢いもつくし、良いことづくしよね」

「ですね。これで射精をコントロールすれば布団の汚れもマシになるかも」

「じゃあコントロールの練習にもうちょっとがんばりましょうか」

　桜子は仰向けになってみずから脚を開く。

お楽しみの時間はまだまだ続くようだった。

健史は桜子とともに応接間に呼び出され、正座をさせられた。

正面の藤乃は冷たい目でふたりを見つめている。仕事で遠方に出た当主の代理として、いつにも増して威厳が感じられた。

「癒やしの儀式は神聖なものです。ほどほどになさい」

静かな声に鉄塊じみた重みがある。自然とふたりの頭が下がった。

「はい、ごめんなさい」

「ついやりすぎてしまいました」

実の娘の桜子が神妙な顔をしているところからして茶化せる雰囲気ではない。

「しかも屋敷で昼間っから……夫の居ぬ間に不貞を愉しむためのラブホテルではないのですよ。なんのために秘湯があると思っているのですか」

健史はぐうの音も出せなかった。桜子に誘われてとはいえ、自分も愉しんでいたのは間違いない。申し訳なくてうつむくばかりだ。付け加えると、普段あまり正座をしていないので徐々に脚が痺れてきた。

「まあまあ、藤乃さん。あまり目くじらを立てないで」

藤乃を諌《いさ》めたのは、彼女のとなりで苦笑気味の大巫女美月だった。

「お若いふたりは元気が有り余っているんでしょう。そういう方々であれば、ついつい度がすぎることもあるんじゃないかしら」

「だからこそ、節度が必要だと大人が教えなければならないのです」

「若いと言ってもふたりも大人ですから。もう理解してくれていますよ、ね？」

美月に目配せをされ、健史と桜子は大きくうなずいた。

「承知しました！　本当にご迷惑おかけして申し訳ございませんでした！」

「これからは屋敷のみんなを困らせないよう気をつけるから！　母さんもそんなにしかめっ面してたら年相応に皺が寄っちゃうわよ？」

「桜子！」

怒鳴りつける藤乃の顔に深い皺は見当たらない。やはり三十代かせいぜい四十代前半の面《おも》立《だ》ちである。今時の中年女性は若いと言うが、銀幕の女優とくらべても遜色《そんしょく》ない美熟女だった。

「本当にほどほどにしないと藤乃さんの頭に角が生えてしまいますよ？」

茶目っ気のある言い回しをするのは美月。彼女も若い娘がいることからして三十代後半から四十代ほどだろうか。見た目は三十前後の柔和な美人だ。

美人ぞろいの空間で、健史はなおさら畏縮した。

自分だけ場違いな気がしてならない。

「それと健史さん、行為のあとはかならずシャワーを浴びてください」

「もしかして臭いますか……？」

藤乃に言われて自分の体を嗅いでみるが、よくわからない。

「ええ、ひどく」

「気を付けます……絶対にシャワーを浴びます」

体臭を指摘《してき》されるとショックが大きい。相手が美人ならなおのことだ。

がくりと落ちた健史の肩を桜子が慰めるように叩いた。


説教が終わると真っ先にシャワーを浴びた。

ボディソープをつけたタオルで徹底的に体をこすりまわす。

風呂場を出てからもしきりに体を嗅いだ。石鹸の匂いしかしないが、自分でわからないだけで周囲からはやはり臭うのかもしれない。だとしたら困る。

「そんなに気にしなくていいのに」

廊下を歩いていると桜子がまた肩を叩いてくれた。

「でもひどく臭うって……」

「いい匂いよ？　それにたぶん女にしかわからない匂いだし」

「それって、どういう……？」

桜子は手を振って曖昧《あいまい》に話を流した。

「サッパリしたところで、ちょっとお買い物に付きあってくれない？」

「買い物、ですか」

「あ、いま、こんな田舎でどこに買い物行くんだよって思ったでしょ」

「そこまでは思ってませんよ！」

「似たようなことは思ったんでしょ？　車でちょっと街のほうに行くのよ」

その気になった桜子を拒むことは難しい。

健史は引きずられるようにガレージへ案内された。

どんな高級車が来るのかと思いきや、庶民的なミニワゴンに乗せられる。ハンドルは桜子が握り、上機嫌にアクセルを踏んだ。

田舎の風景が窓の外を流れていく。

「ドライブがお好きなんですか？」

「田舎だと車がないとなにもできないだけよ。まあ嫌いじゃないけど」

美人の運転する車は心なしか爽やかな空気があった。ゆったりしたブラウスにスキニーなパンツの着こなしも清々しい。奔放で軽妙な彼女にはやはり着物よりこういった服装のほうがよく似合う。

車内に垂れ流しの古めかしい歌声は昭和のポップソングだろうか。健史の生まれるまえの曲だが不思議と郷愁を感じる。

ふたりはかすかに揺れる車内で取り留めもなく雑談した。年が近いせいか話も途切れず気さくに笑いあえる。

気がつくと窓の外の風景が山や田畑から人工物が増えていた。工場や家電量販店、飲食店などが建ち並んでいる。都会とは言わずとも多少は発展した風景だった。

ひときわ大きな建物が現れた。大型ショッピングモールである。

ミニバンは立体駐車場の三階まで登って、隅っこに駐まった。

「水着を買おうと思うの。選ぶの手伝ってね」

「もう秋ですけど、来年のですか？」

「今度プーケットへ旅行に行くのよ、旦那とふたりで。あのひとも私のこと独り占めにする時間がほしいんでしょうね」

「そういうことでしたら、はい、付き合います」

遠回しに浮気を責められているようで少々気まずい。その一方で、内心すこし鼻の下が伸びていた。想像するだに桜子の水着姿は目の保養になる。

だが結果として、さして保養にはならなかった。

女性用の水着ショップの店構えに健史が畏縮し、入店できなかったのである。

「あらあら、タケガミさまったら可愛らしい」

からかわれても言い返せず、店のまえでただ待つことになった。

スマホをいじっていると、たっぷり時間を使って桜子が出てくる。洒落《しゃれ》たデザインの紙袋を健史に押しつけてウインクひとつ。

「いいデザインだったのに見られなくて残念だったわね」

見透かされてますます健史は縮こまる。

その後カフェでケーキを食べ、一息ついて駐車場へ戻った。

「後ろに乗ってくれる？」

「はあ、べつにいいですけど」

言われるままスライドドアを開けて後部座席に乗りこむ。そのとき水着ショップの紙袋を落としてしまった。

「あ、ごめんなさい」

紙袋からこぼれ落ちたものを見て、健史は眉をひそめた。

数着の水着のほかに、レースの下着らしきものが混ざっている。ランジェリーショップではなかったように思うのだが。

「はいはい、詰めて詰めて」

「え、桜子さん？　運転席は……」

「まだ帰らないわよ。せっかくだし外出を楽しまないと」

桜子に押しこめられてシートの奥にずれこむと、尻に違和感を覚えた。白い紙のようなものが敷かれている。

「それはペットシート。犬猫のオシッコ用ね」

「なんでそんなものを……」

「それはもちろん、こういうことをするためよ」

桜子はおもむろにブラウスのボタンを外しだした。

「な、なんなんですか桜子さん！」

「試着、見たかったんでしょ？」

アッという間にブラウスはおろかスキニーパンツも脱ぎ捨てる。

美麗な体型を覆っているのは下着ではなく、黒のビキニ水着だ。健史は目をみはった。

胸元にフリルをあしらい、ボトムは紐で左右を結ぶもの。水着ならではの肌の露出《ろしゅつ》がまぶしい。しかもプールやビーチでなくミニバンの車内である。日常性とのギャップがなんとも艶《なま》めかしかった。

「うわあ、もう大きくしてるじゃないの」

「うくっ……！」

股ぐらを撫でられ、健史は快楽のうめきをあげた。水着姿を見ただけであっさりと勃起してしまった。朝から彼女とさんざん交わったばかりだというのに。

しかも今回は場所が悪すぎる。

「さすがに、駐車場でこういうのは、どうなんですか……！」

「こういうのって、どういうの？」

桜子は悪戯《いたずら》っぽく笑いながらズボンの膨らみをぎゅっと握る。上下にこする。健史が気持ちよさそうに震える様を細目で見守る。

かと思えば、すばやくファスナーを開けてパンツまでずらし、逸物を引きずり出した。熟練の早業《はやわざ》に健史は抵抗する暇もない。

「うわあ、タケガミさまのニオイすっごいわよ。ムンムン立ちこめてきて、鼻の奥がピリピリして頭がカーッて熱くなっちゃう……もちろんアソコはじゅくじゅくよ」

桜子は上体を倒して肉棒に顔を寄せ、すんすんと鼻を鳴らした。嗅ぐたびに顔が赤らみ、腰がものほしげによじれる。

理想的なくびれ体型の乱れ具合に健史は息を呑んだ。流されるまま彼女との行為に溺れたいが、一抹《いちまつ》の理性が抵抗する。

「だ、だれかに見られたらマズいですって……！　平日だけどけっこうお客さん入ってるみたいですし……！」

「見えないようにしてるから平気よ」

言われてみれば、左右の窓はスモークフィルムで光が遮《さえぎ》られている。

フロントガラスには吸盤でサンシェードが張りついている。

とはいえスモークフィルムも近づけば多少は透けて見えるし、サンシェードもフロントガラスを完全に覆っているわけではない。なによりも音が外に聞こえるのではないかと思うのだが。

「見られちゃうって思ったほうが燃えるでしょ？」

桜子は健史にまたがり、ビキニの股布を横にずらすと、濡れそぼった肉壺で神棒を飲みこんだ。健史の首に抱きつき、腰をよじって快楽を謳《うた》う。

「んっ、んーっ……！　あー、ヤバいかも。興奮しすぎてる……！」

「見られて燃えるの桜子さんだけじゃないですか……！」

「健史くんだってビクビク震えて気持ちよさそうだけど？」

「そ、そりゃ挿入して動かれたら気持ちいいに決まってますよ……！」

「なら楽しまなきゃ損でしょ？　ここなら母さんにも見つからないから、ね？　んっ、んっ、んーっ、んぅッ、はふっ……！」

奔放きわまりない行為だが、桜子なりに気を遣ってるのか声は抑えている。腰遣いもゆっくりとねじりまわすもので、ミニバンの振動は最小限。

だが、なまじ動きが遅いせいで、膣内の起伏がつぶさに感じ取れる。襞粒《ひだつぶ》のひとつひとつが。入り口付近のコリコリした締めつけが。膣口の出っ張りが。なにより膣肉のねじれるような蠢動が。

(速く動かなくてもこんなに気持ちいいのか……！)

この一週間で慣れたと思ったが、知らない快感はいくらでもある。セックスの奥深さに健史は感嘆し、喉を反らした。

かぷ、とその喉に桜子が噛みつく。

「あっ……！」

さらに首筋にも浅く噛み跡を付けていく。

かすかな圧迫と痛みが興奮と快感に拍車をかける。

「ま、待って……！　これ、ちょっと声が出るかも……！」

「んっ、ふふっ、ずいぶんと弱気なのね、タケガミさま？　儀式のときはいつも男らしいのに……ぁんっ、おち×ちん膨れてるわよ？　かわいい……」

新鮮な快楽に振りまわされているのはもちろん、派手に動けない状況もまずい。自分から動けば相手に快楽を押しつけることもできる。だが車の外が気になる現状では男らしい腰遣いなど論外だ。

押しつけられる快楽にただ震え、嬌声と身悶えを必死に押し殺す。押し殺せば押し殺すほど焦れったさが募《つの》り、ペニスに限界が近づいてくる。

「ほら、ほら、おま×こでグリグリじゅぽじゅぽされるの気持ちいいね？　あったかーいお肉に包まれてぴゅっぴゅしたいよね？」

あまつさえ桜子は幼児に言い聞かせるように話しかけてくる。頭まで撫でられて、馬鹿にするなと怒鳴る気も起きない。むしろ安堵して彼女にすべてを委《ゆだ》ねてしまう。

男はしょせん女のまえでは赤子同然なのかもしれない。

ただし手指は欲望全開で彼女の尻を鷲づかみにしていた。水着からこぼれた大ぶりの肉果実は、柔らかくも粘り気があって揉み心地抜群だ。

「んっ、んっ、悪い子ね……ぁうッ、うぅんッ、声が大きくなっちゃいそう……んっ、ああ……！　健史くん、健史くんっ」

耳元のささやきが甘く、鼻にかかっていく。

ふたりはともに限界だった。

最後の瞬間、健史は尻に爪を立て、桜子は耳を嚙んだ。

「んっ……！」

ふたりは口をつぐんで絶頂に震える。

水着美女と抱きあって迎える至福の時間だった。

みっともなく快楽に堕《お》ちた姿をだれかに見られているかも――そう考えた瞬間、ぞわりぞわりと首筋に鳥肌が立つ。目覚めてしまったかもしれない。

さいわい噴出は程々の時間で終わった。

絶頂が衰えたころに自分で尿道を締めつけると、潮が引くように射精が落ち着いていったのだ。多少は結合部からこぼれてしまったが、ペットシートが見事に水分を吸収してくれた。

「んーん、スッキリしたあ」

「午前中にアレだけやったのにまだ溜まってたんですか……」

「母さんに釘刺されてイラッときちゃったの。イライラしたらムラムラしない？」

桜子はとんでもない理屈を口にしながら、そそくさと服を着なおす。ペットシートはスーパーのビニール袋に詰めこんでしっかりと口を縛った。

コンコン、とドアがノックされたのはそのときである。

ふたりの顔に緊張が走る。

声も動きも抑えていたが、車体がまったく揺れなかったとも思えない。多少は声が漏れていてもおかしくない。相手が警察などであれば軽犯罪で捕まってしまう可能性もあるだろう。

「やっぱり外はダメね……今後は控えましょう」

珍しくしおらしい桜子を笑う余裕も健史にはなかった。

もう一度、コンコンコンと叩かれた。

「すいません、桜子さんですよね？　よろしければ開けてくれますか？」

聞き覚えのある生真面目《きまじめ》で涼やかな声だった。

「え、小詠《こよみ》ちゃん？」

桜子がスライドドアを開けると、運転席のまえに少女が立っている。

健史には彼女が、最初の日に会った嶽神村の若巫女だと飲みこむことが、すぐにはできなかった。見慣れた巫女装束ではなかったからだ。

衣服はベージュのジャケットにキュロットスカート。どちらもオーバーサイズで、ショートブーツに至るまでの脚の細さがことさらに強調されている。付け加えるなら、開かれたジャケットの前から覗けるTシャツには猫のプリントつき。

「ずいぶんと可愛い服装だね」

「大学帰りですので」

小詠は服装こそ違えど涼しい顔は相変わらず。案外「可愛くて当然」とでも思っているのかもしれない。

「家まで乗せていってくれませんか。友達に合コンに誘われそうなので」

「なによ小詠ちゃん、合コンいいじゃない。たまには遅くまで遊んできなさいよ」

「そういうの興味ありませんので」

「友達甲斐《がい》のない子ね」

桜子は後部座席から運転席に移動した。入れ替わりで二列目シートに小詠が座る。

桜子が後部にいたことを気にするでもない。

ただ、鼻を鳴らして「むう」とうなる。

「なんだか臭くないですか？」

「そうねえ、換気したほうがいいかもね」

桜子はなに食わぬ顔でミニバンの窓を開いた。

走りだして空気が入れ替わっても、小詠はたびたび鼻を鳴らしている。

「変なにおい……」

疑問には思っているが理解はしていない。

彼女の純粋さに健史は感謝した。


田舎の夜は静けさに満ちている。

虫や鳥の声も夏の蝉ほど騒がしくはない。それを風情と楽しめなくもないが、無聊《ぶりょう》を慰めるほど感動的ではなかった。叱られた当日だけに桜子が来る気配もなく、今夜の客間には退屈な時間が流れている。

「モールで本でも買ってくるべきだったかな」

小説を何冊か買ってくれれば良い気分転換になっただろう。スマホの小さな画面で電子書籍を読むのとは気分がまた違う。もしくは自宅からゲーム機ぐらい持ってきていたら、いくらでも時間は潰せただろうに。

考えてみれば、嶽神村にきてから暇な時間はセックスをしていた。

桜子と何度も何度も交わった。

美しい肢体を揉みしだき、吸いつき、くり返し腰を振った。

信じられない量の精液を注ぎこんだ。

「まずい、思い出したらまた勃ってきた」

カーセックスのときは射精を一時押し止めただけである。小詠が現れたので解放するタイミングもなかった。

溜めこまれた鬱屈が股ぐらを熱くする。

肥大化した逸物がズボンを押しあげて痛いぐらいだ。

「オナニーでもして発散しないと眠れそうにないなぁ」

健史は壁に背を預け、スマホでオカズを探しながら、片手で逸物を取り出した。桜子以上に慣れた手つきである。本来はこのスタイルで性欲を発散していたのだ。

お気に入りのオカズを発見。ＡＶ動画である。

イヤホンをつけて再生。シークバーを操作して前置きを飛ばし、男女の交わる姿を映し出す。なまめかしく動く腰と手に気分が昂ぶる。

……が、なんとなく身が入らない。

「アレだけセックス漬けだと、いまさら動画を見てもなあ」

苦笑をしながらも逸物を手でしごく。即物的に気持ちいいことは否定できない。

先端から玉のような先走りが浮きあがる。桜子との行為であればもっと大量にあふれ出ているところだ。やはり相手がいたほうが興奮するらしい。

ひとりは寂《さび》しい。

いまさらながらそう思った。

直後、襖が開かれて健史はひとりではなくなってしまうのだが。

「健史さん、失礼します。すこし話が……」

「ふ、ふ、藤乃さん？」

健史は慌ててイヤホンを外す。スマホを放り投げてペニスをズボンに収めようとするが、勃起しているのでうまくいかない。

彼女は険しい目つきで健史を見下ろし、一瞬の間を置いて、目を丸くした。

「な、な、なにをしているのですが！」

「ご、ごめんなさい！　本当にごめんなさい！」

健史は平謝りをするが、やはり逸物がズボンに収まらない。

「出戻りといえどあなたは山木家の人間でしょう！　恥ずかしくないのですか！」

「恥ずかしいです！　だからあまり見ないでください！」

「お黙りなさい！　こんなふしだらなものを出しっ放しで破廉恥《はれんち》な！」

藤乃は白足袋《しろたび》で迫り寄り、膝をついて顔を突き出してくる。まなじりを決してもなお美麗な面立ちだった。端正であるがゆえの迫力に健史は縮こまってしまうが、男の塊は意気軒昂。

ぎゅむりと握り締められた。

「あへっ」

「みっともない声を……！　そんなにここが気持ちいいのですか！　こういうことがしたいのですか！」

ペニスが上下に擦られて喜悦の声が口鼻を抜けていく。

「あっ、あうっ、ふ、藤乃さんっ、待っ、あぁッ」

「なんですか、この大きさは……！　ワズライを治すだけならこんなに大きくなくてもいいでしょうに！　しかも反ってて、カリが高くて、こんなものは女を虐《いじ》めるための形ではないですか！　恥知らずな！」

「あぁぁあ……！」

仕置きの手淫は的確にツボを突いたものだった。激しくはあるが乱暴ではなく、着実に性感を刺激する手つき。先走りを塗《ぬ》り広げて滑りをよくする手腕も、事によっては娘の桜子より巧みかもしれない。彼女の迫力に怯えて海綿体が萎縮《いしゅく》するどころか、ますますペニスが膨張してしまう。

「ふ、藤乃さん、あっ、ううッ、あの、もしかして……」

「言い訳なら聞きません！」

「もしかして、ツキワズライになってます……？」

藤乃の手がふいに止まった。

彼女の顔は赤らみ、額に汗して、息遣いも乱れている。

怒っているわりには目がしとどに潤《うる》み、何度も生唾《なまつば》を飲んでいた。

「たしかツキワズライには多淫症めいた症状もあると聞いたのですけど……」

「はあ、はあ、はあ……そのとおりです」

言い訳をするかと思いきや、彼女は堂々と認めた。

「もともと夜になると年甲斐もなく体がうずくのです。夫も年々衰えているので毎日誘うわけにもいかず、どうにか我慢していたというのに……あなたと桜子が恥も外聞もなく毎日毎日毎日毎日破廉恥尽くしの声を屋敷に響かせてっ」

いつの間にやら怒声から覇気が失われていた。

寄り目気味に注視するのは、パンパンに膨らんだ亀頭。

剛直をこする手つきは、まるで我が子を撫でるかのように愛しげだ。

「じゃあ、もしかして……夜這《よば》いにきました？」

健史は問いかけながら、彼女の肩から腕を手でさすった。桜子に教えてもらった女の喜ぶくすぐるような手つき、フェザータッチ。着物のなめらかな生地が心地良いが、藤乃にとっても覿面《てきめん》な愛撫となったらしい。体がピクリと震える。

「んっ、ふぅ、ふうっ……ツキワズライを癒やしてもらいにきただけです。ふしだらな行為をしたいわけではありません」

キリリと凛々《りり》しい表情を浮かべる藤乃。その肌はますます赤らみ、汗の数も増えていた。綺麗に結い上げた髪がわずかに乱れ、ほつれ毛が頬にかかっている。

色っぽい。

若い桜子とは段違いに熟成した色香がオスの本能をくすぐった。

「治療ならこういうことしてもいいですよね」

健史が肩腕から登って首筋を撫でるや、藤乃は背筋を激しく反らした。

「ひッ……！」

「こういうこともしますよ？」

首から耳をなぞり、頬を撫でて、唇をつまんでみた。

「あぁ……」

甘いため息が健史の指を濡らす。手を離すと指の腹にほんのり紅《べに》がついていた。

これみよがしになめてみると、藤乃はあからさまに息を呑む。

肉付いた腰尻をもぞつかせている。

(このひと案外ちょろいのかな)

タケガミの血が騒ぐとメスへの責めっ気が増す。さきほどまでの弱気がどこへやら、健史は上機嫌で攻勢を続けた。

「こういうところがツキワズライで凝ったりするんじゃないですか？」

両手で首筋から胸へと手を滑らせる。先端であろう部分に狙いをつけて、指先でカリカリと引っかいてやった。

「んっ！　んん……ふぅ、うぅ、あぁ……！」

「言葉が出なくなってますね」

和服の厚めの生地越しでも充分すぎるほど藤乃は感じていた。ツキワズライで感度があがっているのだろう。歯を食いしばって声を抑えようとするばかりで、反論する余裕もなくなっている。

「もっと治療しやすい格好になりましょうか」

「あっ……いや……！」

健史は口先の拒絶を心地良く感じながら、和服の襟《えり》を強引に開いた。和服のためかブラジャーもしておらず、火照った肌が視界を焼く。あまり外に出ないためか、娘よりも白い肌をしていた。

開かれた隙間に荒々しく手を突っこむ。

「ひっ……お、お待ちなさい」

「待ちません」

狭苦しい和服の下で乳肉をつかむ。小さからず大きすぎず、ほどよく揉みやすい美乳である。頑《かたく》なだった態度と裏腹に柔らかい。とびきり柔らかい。汗ばんで手が滑りやすいため愛撫が捗《はかど》る。

それでいて乳首はコリコリに固まっていた。

滑る指先をすばやくかすめれば、藤乃の顎が跳ねあがり白い喉が反る。

「あッ！　あぁあッ、だめっ、だめっ、いやあぁ……！」

口では嫌がっていても健史の手をはね除《の》けたりはしない。むしろペニスを握ったまま両腕は硬直している。激しくこすりもしないが、悦楽の身震いにあわせてわずかに握力が変化する。そのささいな反応が心地良くて、健史はいきり立った。

「おま×この準備はどうです？」

「いやっ、下品なことを言うのはおやめなさい……！」

「下品な治療をしてほしいんでしょ？」

彼女は絶対にこういう言いぐさを好むはずだ。謎の確信に従って口にした言葉は、たしかに藤乃を蕩《とろ》けさせていた。彼女の呼吸はますます乱れている。

片手で胸を揉んだまま、他方の手を腰に伸ばす。桜子の母親であることを実感させる、豊満に肉付いた柔尻を揉み、太腿をさすって、和服の下の合わせ目から手を突っこんだ。

「そ、それはまだ、心の準備が……！」

「そんなこと言って、ほんとは早く触ってほしいくせに」

むちむちした内腿に挟まれ、心地良い圧迫感に溺れていたいと思った。だが狙いはさらに先。蒸し蒸しする汗ばんだ肌を滑っていくと、ふっさりした毛並みに触れた。

「はっ、はっ、はっ、はッ」

藤乃は昂揚のあまり過呼吸同然となっていた。

その息が止まる。

「んッぐ！」

不自然に息んだせいで牛のようないななきになっていた。清冽《せいれつ》で厳粛《げんしゅく》だった山木家の女帝が、秘裂を指先で突かれただけでみっともない声をあげたのだ。

「すっごい声でしたよ」

耳元でささやきながら縦溝をなぞる。ごく浅い部分を往復するだけで、ぐちゅり、ぐちゅり、と露骨な水音が鳴った。

「ぐっ！　ぐっ！　んー！　んうぅうッ！」

「そんな無理して我慢しなくても、ほら、声あげてくださいよ、ほらほら、指ねじこんであげますから」

指を膣口に押しつけると、ツルンと吸いこまれるように突き刺さった。肉壺の襞つきを確かめるように、ねじりながらゆっくり奥へと向かう。

「んぎぃいいッ」

藤乃のいななきが止まらない。甘美なあえぎよりずっと恥ずかしい声だが、本人にはもはや客観的な視点もなさそうだ。

（ずっと我慢してて感度があがってるし大変だろうな）

プライドの高い女性にとっては認めがたい快楽なのだろう。

だが本人の克己心とは裏腹に腰はとうに砕けていた。仰向けに倒れ、カエルのように脚を開いて、震えるままに宙を蹴る。あまりに乱れるものだから、和服は大きくはだけて胸も股も丸出しだった。

指を激しく出し入れすれば愛液が畳に飛び散る。

ふぎぃ、ふぎぃ、と獣がいななく。

「藤乃さんってこんな恥知らずなひとだったんですね」

半笑いで言いながら、膣内の腹側をぐっと押しあげた。そこが弱点だと触り心地でわかったからである。

たちまち藤乃がのけ反り狂った。

「あいぃいいいぃいいぃいッ！」

ぶしゅり、ぶしゅり、と秘処から潮《しお》が飛び散る。

膣内のうねりからしてイッてしまったらしい。

「あーあー、畳が汚れてますよ。藤乃さんの股がゆるいせいで」

「ひぃいーッ！　言わないでぇ……！　あへっ、やめてぇッ、指止めてぇええッ！」

健史はお構いなしに指を抽送《ちゅうそう》して潮吹きを強《し》いた。

泣き喚《わめ》いて許しを請う藤乃を見ていると、際限なく嗜虐心《しぎゃくしん》が湧いてくる。

思えば健史は出会ってからずっと高圧的な態度を取られていた。無意識のうちに鬱《うっ》憤《ぷん》が溜まっていたのかもしれない。

これは復讐でもあるのだと正当化すれば、ますます楽しくなってきた。

「みっともないひとだなぁ、大人の女がこんなにおもらしして！　謝れ！　おもらしバカ女のくせに偉そうな態度取ってごめんなさいって！」

「だ、だれがそんなっ、はひッ！　ひぃぃッ！」

乳首をつまみ、クリトリスを親指で潰せば、さらに藤乃が悶絶する。

さらに三度ほど潮を噴かせると、ついに彼女は屈服した。

「ごめんなさいぃいいいいいいッ！」

脚をV字に開いて痙攣しつつの大噴出。

健史は胸のすく気持ちを存分に味わって、彼女から指を抜いた。

「じゃあ本番いくよ、藤乃」

「あぁんッ」

呼び捨てにして大きなお尻を叩くと、美熟女はまたみっともない声をあげる。ただし今度は牛のいななきでなく、メス犬の甘ったるい声だった。

健史は股を開かせ、腰を押し進める。

太腿に挟みこまれた瞬間、飲みこまれるような肉々しさを感じた。さすが桜子の母親と言うべきか、ひどく肉感的な下半身だった。なにより肉質が柔らかい。餅を棒状に整えたようで、包まれていると心地良い。もっと下半身を押しつけたいと思える。

もちろん腿の付け根も肉付きが良い。大陰唇は大きくめくれて濃厚な色をしている。熟女らしい匂いたつようなメス肉ぶりだった。

しかも白《しら》んだ愛液がたっぷりこぼれている。性欲まで熟れきった女の物欲しげな痴態に二十歳そこそこの若造は耐えられない。

「ほら、ハメるよ」

「あっ、あぁああああッ……！」

亀頭を押しつけただけで肉唇が震え、とぷりと愛液の塊が垂れ落ちた。

すこし力を加えればぬるりと入る。抵抗はろくにない。むしろ肉穴の蠢きに飲みこまれる感すらあった。

「あーあ、一瞬で奥まで飲みこんで。どんだけち×ぽ欲しかったんですか？」

「いやっ、いやあっ、言わないでぇ……！」

「ちゃんと答えてよ。ち×ぽ欲しかったんでしょ？」

言葉で責めながら腰をよじる。逸物は根元まで嚥下されているが、股まわりの肉付きを押し潰してさらに奥を目指した。

強引にねじこみ、擦り潰し、こねまわす。

「はっ、おヘッ、おぉおおおッ……！　奥ッ、奥壊れるぅううッ……！」

子宮口を潰されてよがり鳴くのは母娘共通か。

(そうか……俺、親子どっちともセックスしちゃったんだな)

冷静になってみると、恐ろしくインモラルな行為をしている。タケガミさまとなってからの淫奔生活で感覚が麻痺していたのかもしれない。

母親と娘、食べくらべ。

なんて罪深く、心躍る悪行だろう。

「藤乃さんって見た目が若いけど、ハメ心地はやっぱり熟れてるっていうか、肉厚で粘り気があって、心底から淫乱ま×こって感じですよね」

「あぁあぁッ、ひどいッ、ひどいぃいッ……！」

自分の母親とかわりない年齢の熟女が幼子のようにいやいやと首を振る。しかも高圧的で居丈高《いたけだか》だった女がである。

秘壺の具合は抜群。締めつけは娘よりゆるいが、そのぶん膣壁の厚みが豊かで柔らかい。たっぷり湿潤《しつじゅん》したぬかるみを存分にかきまわす悦びに、健史の腰遣いはなおのこと盛んになった。

「あぁあっ、あーッ、いやッ、ゆるしてッ、こんなセックスいけないわぁ……！」

ゆっくりと抽送すると甘いあえぎと切なげな言葉が連なる。

「あっ、ああッ、あおッ！　おッ！　おぉおおッ！」

大ぶりで突くと獣じみた声になりやすい。

「あへっ、へうぅうッ、おひっ、はへぇええッ……！」

最奥に亀頭をあてがったまま腰をよじれば、声がとろけ落ちて痙攣《けいれん》する。

そうして快感が蓄積されると、白足袋で宙を蹴りあげ叫びだすのだ。

「あへぇえええぇえぇえーッ！」

みっともなく絶頂に悶え狂う。

その瞬間は膣口が一気に締まるので健史の快感も高まっていく。

「いいぞ藤乃、もっとイけ……！」

「あひッ、ひぃいいッ！　イッてるッ、イッてるのに、またッ……！」

絶頂の最中、執拗に突きまわせば、藤乃の股から潮が噴き出した。

「ま×こ弱すぎ」

半笑いで耳元に吹きこんでやると、肉付いた体がびくりびくりと憂悶する。

「これから全力でハメ潰しまくってあげるからね。俺がイクまで絶対に止まらないから、泣いても叫んでも無駄だよ」

「あぁぁ、いや、いやあ……！」

怯えながらも藤乃の手は健史の腕に添えられていた。撫でさする手つきには愛情すら感じられる。自分をよがらせる男が愛しくて仕方ないという様子だ。

ならば悦ばせてやろう。

健史は全身全霊をピストン運動に注いだ。

「あひッ！　あおッ、おぉおおッ！　おッ！　おへッ！　あへぇぇえ……んあッ、ぁあああッ、あぁあああーッ！」

藤乃は熟肉を揺らして、ときに絶頂し、ときに泣き喚いた。声がどんどん高くなりゆくので、屋敷内に響きわたっているかもしれない。夫が海外なので、本人的にもこれ幸いといったところか。

健史も遠慮なく突いた。

パンパンパンと肉打つ音をかき鳴らし、ハメ倒し、突き潰した。

潮がまき散らされて畳が汚れても知ったことではない。

(このメスを完璧に屈服させたい)

かつて知らなかったオスの本能が吠えていた。

「そら謝れ！　雑魚《ざこ》ま×こでごめんなさいって言え！」

健史が乳首をつまみながら腰を振れば、藤乃は涙ながらに口を開く。

「ごめんなさいッ、雑魚ま×こでごめんなさいぃぃいいッ！」

「旦那さんにも謝れッ、浮気女ッ！」

さらに陰核を親指で擦れば、藤乃の全身が痙攣しだす。

「あなたっ、ごめんなさいぃいいッ！　浮気でイキまくってごめんなさいぃぃいッ！」

当主代理は完全に被虐《ひぎやく》の虜《とりこ》となっていた。ツキワズライの欲情とも相まって、崩れた表情は別人のように惨《みじ》めったらしく、弱々しく、このうえなく艶めかしい。

ペニス一本で完膚なきまでに攻略してやった。

その実感が健史の興奮を臨界点に押しあげる。

「くううッ、最低の浮気穴に精子出すぞ！　中出しするぞッ！」

「ああぁっ、出さないでっ、堕ちちゃうからッ、ゆるしてぇえええッ！」

口では拒みながらも、彼女は手を健史の背に、脚を腰に絡めてきた。豊かな肉感でオスを包みこんで離さない。

健史は全身に年増女の柔らかさを感じながら、欲望を解放した。

「うっ、ううぅッ！　出るっ、いっぱい出るッ！」

「ぁあああぁッ！　いやっ、いやぁあぁッ！　あへぇぇぇえぇぇぇぇぇえぇッ！」

あふれるほど大量の膣内射精に、魂まで溶けて消えそうだった。

藤乃も絶頂に達して、ふたり抱きあいながら痙攣する。

快楽に溶けあってひとつになるような錯覚がたまらなく心地良い。

「はー、雑魚穴がビクビクして気持ちいい……この精液便所いい具合だなぁ」

「ひっ、あっ、あっ、あああぁッ……！」

言葉責めのたびに藤乃は歓喜に身悶えする。

それを見て聞いているだけでも愉しい。いくらでも射精できるだろう。

しかし快感がすこし衰えてきたタイミングで、健史は股間に意識を集中する。徐々に射精の勢いを落として、自然に収まるよう制御していく。感覚としてはタケガミさまになる以前の射精とほぼ変わらない。不満は残らないが、まだまだ出し切れてない精が股ぐらにたっぷり余っている。

「ふう……それじゃあ第二ラウンドいきましょうか」

「ま、まだやるつもりなのですか」

「ツキワズライの治療なら秘湯でしたほうがいいですよね」

怯えながら期待に目を潤ませる藤乃を見ていると、嗜虐心が止まらなかった。


秘湯までの道のりで藤乃は何度もへたりこみかけた。

何歩か歩いては身をすくめて膝を震わせる。

「どうしたんですか？　その調子だと秘湯に着きませんよ」

「だ、だって、こんな格好で……！」

藤乃は左右に目を配り、だれもいないことを確認してまた一歩一歩進んでいく。

一糸まとわぬ姿である。

手で隠せるのは胸と股だけ。柔肉の塊である尻は丸出しだ。目の保養になるので健史は後ろからついていく。もちろん自分は浴衣着用。

「だいじょうぶですよ、だれかに見られてもツキワズライだって言えば」

「ですが、夫である勇蔵のいない今、私が山木家の面目を……」

「あんな動物みたいな鳴き声でよがりまくって、いまさら保てる面目あります？」

藤乃は悔しげに歯がみをする。行為中は自分を散々卑下《ひげ》していたが、いまはすこし冷静になっているのだろう。それでも中出しされた精液が脚を伝うたび、快楽を想起して喜悦にわなないていた。

普段の何倍も時間をかけて屋敷から家を出た。

秘湯への山道を歩いている最中は、なおのこと時間がかかった。

さいわい秋と言っても残暑の抜けきらない季節。くわえて藤乃の体は火照りきっているので、寒さに震えることはない。あくまで快楽の残り火に震えているのだ。

「ああ、ああ、もういや、堪忍《かんにん》してください……！」

「もうちょっとですよ、着いたらちゃんと儀式してあげますから」

「きゃッ！」

熟尻を叩いてやると年増女とは思えない可愛らしい悲鳴があがった。

そんなこんなで秘湯に到着。

「ほら、そこ座って。あっためてあげますから」

健史は藤乃を石畳に膝をつかせ、手桶で温泉の湯を肩からかけてやった。安堵の吐息を聞いてほくそ笑む。ここからが本番だ。

「いっぱい汗かいて汚れたでしょうから、洗わせていただきますね」

そう言って、温泉の隅に設置されたプレハブの物置に向かう。中から取り出すのはピンク色のエアマットである。

「なんですか、それは……？　そんなもの、ここにありましたか」

「桜子さんが最近買ったんですよ。石の上だと体が痛くなるでしょう？」

マットを床に敷き、軽く湯をかけてから、藤乃を座らせる。

散々翻弄《ほんろう》されて困惑している彼女の背後で、ボディソープを手に取る。しっかり泡立たせて自分の胸に塗りたくった。

「それじゃあ洗ってあげますね」

「え、ええ、ありがとうございま……きゃんッ」

健史が後ろから抱きつくとまた可愛らしい声を聞けた。年増女が自分のまえで小娘のようになっている事実にたまらなく昂揚する。

彼女の体をまさぐりながらボディソープの泡を塗り広げていく。胴体を背中に擦りつけるようにすると、必然的に逸物も押しつけることになった。

「ああっ、はっ、ああ……！」

加速度的に藤乃の声がとろけていく。泡の滑りを借りた愛撫も効いているだろうが、なによりも先ほどの交合を思い出すのだろう。恥も外聞もなく肉欲の獣に堕とされた記憶は体に染みついているはずだ。

その反応を見ていると、健史のなかの獣も大きくなっていく。

「藤乃さん、藤乃さん」

耳元で名前を囁けば、熟女の体が脱力してますます柔らかさを増す。健史は前のめりになって乳房を揉み、柔尻にペニスを埋めた。腰を振ればますます圧が強くなり、とうとう藤乃はうつぶせに倒れる。健史は上から重なった。

「んあッ、ああッ、待って、体重をかけないで……！」

「重たい？　男に押し潰されて自由を奪われるの、好きそうだと思ったけど」

「そんなっ、好きじゃありませんッ……！」

「そうなの？　じゃあ、こういうのは？」

健史は腰の位置を調整し、むちむちの太腿の狭間《はざま》に差しこんだ。その時点でなにをするつもりか藤乃もわかったようで、腰をよじり抵抗する。

だが結局、体勢的に抗いようがない。

「お、こうかな」

「んんんッ！」

桜子との経験を活かして腰を動かせば、あっさりとぬかるみにハマる。屋敷で交わったときよりもたやすく挿入できた。

「内側まで洗わないとね、ほらこういうふうに」

「あおッ！　おへッ、はへへぇええぇッ」

上からのしかかったまま突き下ろす。ちょうど膣内の腹側、女の弱点を集中的に責めることになり、感じやすい美熟女はあられもない声をあげた。

あろうことか、ほんの十往復ほどで彼女は限界に達する。

「あひッ！　ひぃいいぃいいッ！　ひッ、ひぃいいーッ！」

藤乃は脚をバタつかせてマットを蹴っていた。

かと思えば股を開いてつま先を反らす。

ビシャビシャと水しぶきがマットを打っていた。

「またおもらししてるね。ゆるすぎじゃない？」

「だって、だって、あなたがひどいところばかりッ、んおッ！　おへぇええッ」

しゃべっているあいだも健史は容赦しない。ますます激しく腰を遣って膣内をえぐりまわし、絶頂と潮噴きを強いる。

とどめは耳元への追撃だ。

「言い訳するなよ、男に媚びるしか能のない雑魚ま×このくせに」

ついでに乳首をきつくねじあげてやれば、腹の下で仰《の》け反《ぞ》り返って暴れる。

「ひぃーッ！　ひどっ、ひどいッ、あひぃいいいッ！　イクッ、イッちゃうッ、おま×こ死んじゃうぅうううぅうーッ！」

「死ねッ！　恥知らずの媚びま×こ死ねッ！」

健史は罵声を飛ばしながら加速した。

濡れて蠢く熟穴を徹底的になぶりつくして快感を高める。

全身で柔肉を押し潰している感覚もたまらない。

女を支配して貶《おとし》める感覚に脳が痺れて、加虐的なピストン運動が止まらない。

「出すぞッ！　野外で種付けするぞッ！」

「ひぃいッ！　こ、これは儀式で……あへぇえッ！」

「言い訳するなッ！　これはただのセックスだ！　男と女が気持ちよくなるためにち×ぽとま×こをグチャグチャにこすりあう浮気セックスだッ！」

「あああッ！　セックスいやああッ！　浮気はダメなのにぃいッ！」

ダメ、なのに。もはや語るに落ちた。

快楽に堕ちた熟妻にトドメを刺すべく、健史は全力の肉槍をお見舞いする。

ごちゅり、と膣奥を潰して、どぴゅぴゅ、と出した。

「だめだめだめだめッ、おへぇえええぇええええぇーッ！」

思いきり抱きしめれば、腕のなかで快美な肉塊が喜悦の脈動に包まれる。ともに絶頂の快楽に飲みこまれ、溶けゆく感覚があった。

出しても出しても尽きることはない。

逆流した精液がマットの上に広がり、藤乃の噴く潮と混ざりあう。

「もっとだ、もっと虐めてやるからな、藤乃」

呼び捨てにすると彼女の身震いはますます大きくなる。

年長の女を支配し屈服させる昂揚感に、健史の嗜虐心も大きくなる。

至福だった。

湯気の立つ温泉の横で、藤乃は夜通しよがり狂った。

第三章　親子丼と入れ食い村

嶽神村の秘湯は山木家の裏にある。

村では公然の秘密であるが、実際に見た者は少ない。

いかんせん私有地。しかも田舎村にふさわしからざる大富豪である。おいそれと踏みこめる場所ではない。

女がふたり秘湯を目指して山中を進むのも本来は禁じられた行為である。

「山木さんってそんなに怖いひとたちなの？」

新田芽衣子《にっためいこ》は派手な色の髪をかきあげて言う。

となりの堺弘恵《さかいひろえ》はひとつにくくった黒髪を指先でいじって返事をした。

「べつに怖くはないわよ。話してると普通のひとたちだもの」

「桜子ちゃんとはよく話すけど、まあいい人よね」

「でしょう？　ちょっと秘湯を覗いたぐらいで深刻に怒ったりはしないんじゃないか

しら……あ、藤乃さんは怖いかも」

「わかる。前の会社のお局《つぼね》さまにそっくり」

ふたりはクスクスと笑いあった。

ともに三十歳前後。いわゆるアラサー。年も家も近い友人同士である。

芽衣子は脱サラして農業をはじめた夫について嶽神村にやってきた。都会育ちの気分が抜けないのか、髪型も化粧も華やかすぎる。服装が上下ともにジャージなのが最大限の譲歩だろう。

弘恵は大学入学から十年ほど首都圏にいたが、生まれも育ちも嶽神村である。二年前に夫を亡くし、二児を抱えて実家に戻ってきた。いまは兄の農園を手伝っている。都会はすこし恋しいが、オシャレと無縁の農家生活にはすぐ馴染《なじ》んだ。

「山木さんちって何百年もつづく地主の一族なのよね？」

「このあたり一帯の山はだいたい山木さんの土地よ。本当に大きくなったのはこの百年ほどらしいけどね」

昭和初期、山木家は広大な山林を利用した資産運用で財を何十倍にもした。山向こうの土地を開発した温泉街も順調。

なにより当代の勇蔵が世界進出にも成功している。

「アリーナ・ワンがＹＡＭＡＫＩの美容ジェルを愛用してるのよね」

「そのアリーナってアカデミー賞のひと？」

「グラミー賞よ。アジア系アメリカ人アーティストの星ね」

ＹＡＭＡＫＩの工場ではヒトキタケのアンチエイジング作用を抽出している。その成分を使った美容品は海外のセレブも愛用しているという。

「たしかにヒトキタケを食べてるとお肌スベスベになるわよね」

「この田舎の数少ない美点ね」

「見せる相手がいないのが残念だわ」

田舎に不満があるのはおなじだが、とくに芽衣子は自分を田舎に連れてきた夫に恨みを抱いている節がある。美麗な肌を夫に見せても仕方ないとすら思っている。

弘恵にしてみれば、大層な贅沢なのであるが。

そのことに触れても嫌な空気にしかならないので、あえて話を逸らす。

「うちの両親がよく言ってるの。山木さんの家は新しいものを取り入れるのが上手いし、古いものを大事にすることも忘れない。だから社会的に成功するし、この田舎でもうまくやっていけるんだって」

「美容品に手を出して成功してるし、タケガミさまの信仰もちゃんとしてるってて？」

「そういうこと……ほら、あそこよ」

ふたりは草むらから斜面の下方を覗きこんだ。

すぐ足下に竹垣の先端があった。

竹垣で囲まれた秘湯のど真ん中に絡みあう男女がいた。

正確には、男、女、女。

若くてたくましい男が仁王立ちをし、その股ぐらに女ふたりが顔を埋めている。

「んちゅっ、ぢゅるるっ、ぢゅぱッ、ぢゅぱッ」

卑猥な水音は口で男根に奉仕する音だろう。

「うわぁ、ものすっごいバキューム。これはとんでもない淫乱ね」

「ええ……あんなに夢中になってしゃぶりついて、そんなに美味しいのかしら」

芽衣子と弘恵は生唾を飲んだ。

娯楽の少ない田舎において、男女関係ほど愉しいものはない。それは他人事でも同様だ。ふたりは目を凝らして三者の行為に没入していく。

「あ、弘恵ちゃん見てごらんなさい。ひとりはキンタマをしゃぶってるわ」

「う、うそ、そんなことまでするの……？」

「まあするでしょ。男は悦ぶわよ」

「痛くないのかしら……？」

「優しく刺激したら精子がたくさん作られて、いっぱい射精できるのよ」

芽衣子は舌なめずりをしていた。濃い口紅の味がしないか、弘恵は心配になる。それだけ興奮できるのは、やはり男好きだからだろうか。

男性経験がそこそこあるとは彼女自身の言だ。

田舎は性しか娯楽がないが、都会には性の誘惑が無数にある。金銭的な誘惑に性が付随することも多々ある。山木桜子も東京の大学で男遊びを経験したと言って、芽衣子と意気投合していた。

くらべてみると弘恵はおおむね夫ひと筋であった。高校時代に処女を捧げた先輩と数回セックスした以外は、大学時代に出会った夫としか体を重ねていない。芽衣子や桜子のようにワンナイトを楽しむなど想像もできなかった。

ましてや野外で男ひとりと女ふたりの乱交など理解の範疇《はんちゅう》を超えている。

「ううっ、そろそろ出るッ、舌出してッ！」

男が言うと女ふたりが顔をあげた。

大口を開けて舌を突き出す淫らな相貌ふたつに、弘恵は言葉を失う。

見知った顔が粘っこい白濁液に穢《けが》されていく。

「う、嘘ぉ……桜子さんはともかく、藤乃さんまで？」

さすがの芽衣子も目を丸くしていた。

好き者の桜子はともかく、母親の藤乃は冗談が通じない鉄の女で知られている。それが娘と並んでの艶事である。

「えぅうッ……あへっ、はへっ」

顔や舌に精を浴びるたびにみっともない鼻声をあげている。泣いているようでもあり、とろけているようでもある。

対照的にとなりの桜子は嬉々として口角をあげていた。手招きするように舌を左右に動かしているのも慣れた様子である。

美人母娘《おやこ》の痴態に男もますます猛りたつ。出しても出しても収まらぬ剛直でメス顔をぺちぺちと叩いて恥辱を与えていた。その仕打ちがなおのこと効くらしく、母も娘も大きく広がった骨盤を激しく震わせている。

「いいわね、タケガミさま……すっごい量出してるし、若い男だし、アレも大きいし、どうしようかしら。お邪魔しちゃおうかしら」

「ダメよ、芽衣子さん。タケガミさまとの儀式はツキワズライの女にだけ許されてるから。バレたら叱られちゃうし……」

「あんなよがり方してる藤乃さんに叱られても平気じゃない？」

芽衣子が顎をしゃくって示した先で、藤乃が悶え狂っていた。

「はひっ、はへっ、おッ！　おへぇえええッ！　らめぇえええええッ！」

何事かと思えば、乳首をつままれているだけである。

彼女がよほど感じやすいのか、あるいはタケガミさまがテクニシャンなのか。

(私なら……どうなるのかしら)

弘恵は無意識に握り拳で自分の下腹を押さえこんでいた。


母娘がかりのWフェラチオを堪能《たんのう》したら、次は挿入の時間だった。

マット上で横並びの豊かな尻に健史は発奮する。

やはり親子だけあって肉付きは素晴らしい。どちらも特大の桃尻だが、藤乃の尻はとくに熟しきって溶け出しそうなほど柔らかそうな形状だ。対して桜子は大きいなりに張りがあり、ぷりぷりと弾力を感じさせる。

「ねえねえタケガミさまぁ、まだぁ？」

桜子は腰尻を左右にくねらせて尻肉を弾ませていた。不満げな口ぶりを装《よそお》いながら、ちらりと見える横顔には愉しげな笑みが浮かぶ。

「ああ、もう許して……娘のとなりで犯されるなんて、無理です……」

藤乃は心底恥ずかしそうにしている——が、ぷるぷると震える尻肉の狭間で黒い茂みに囲われた秘裂は物欲しげなヨダレを垂らしていた。

健史はすこし迷ってから決断する。

「じゃあこっちからいただきます」

つかんだのはくびれの激しい腰。陰毛が剃《そ》られてツルツルの秘処。

桜子はいきなり奥までねじこまれて随喜の声をあげる。

「あはあぁんッ！　これよこれ、やっぱりこのおち×ぽ最高ぉ……！」

自分から腰をよじって快楽を貪っている。母親のとなりだろうと知ったことかという大胆さだ。その動きに身を任せてもいいが、男として神の端くれとして威厳も示したい。そしてとなりで羨ましげな目をしている藤乃にも見せつけるのだ。

「あー、桜子さんのなか、すっごく動いて気持ちいいよ」

気持ち良さげにうめきながら、テンポよく腰を前後させる。たん、たん、たん、と尻肉を打ってリズムを取り、桜子の弱い部分を的確に責めた。

「あんっ、あーっ、あーッ……！　腰振りほんとうに上手くなったよね、健史くん。んっ、くうぅう、油断するとすぐイッちゃいそう……！」

「こっちはおかげさまでイクのをだいぶコントロールできるようになりました。まだまだガマンできますよっ」

腰を大きく円運動させせると、桜子のあえぎが間延びする。

「はぁあああぁぁああぁぁあ〜〜っ……おま×こ広がっちゃうぅうう……！」

男の極太で割り広げられる喜びを彼女はよく知っている。事によっては母親よりも。娘の快楽慣れしたリアクションに藤乃は目を白黒させていた。

「さ、桜子、いけません、そんなはしたない声を出して……！」

「母さんだってタケガミさまにハメられてエグい声あげてたじゃない？　屋敷中に聞こえてたからね、あのアヘ声」

「そ、それは……あくまで儀式のためであって……」

「気持ちよかったくせに。せっかくの儀式なんだから楽しまないとかえって申し訳なくない？　こんなふうにぃ……あぁんッ！　あんっ！　あはぁあっ！」

桜子はことさら声を張りあげた。演技と言うよりもみずからを鼓舞《こぶ》するためのものだろう。淫らに振る舞えば振る舞うほど自分自身が興奮するものだ。健史も女性と交わるときはサディスティックな言動で自分と相手を昂揚させている。

「やっぱり親子だよね。ま×この具合がよく似てるよ」

実際には少々違うのだが、こう言えばふたりはより強く意識するだろう。親子そろってひとりの男と不貞行為をしている事実を。

「あはあぁんッ」

「いやあぁ……！」

リアクションは好対照。娘は悦び、母は羞恥。

だが女の部分はあきらかにおなじ反応をしていた。

どろりと濃厚な愛液を垂らし、肉壺が嬉しげに震えあがる。桜子の内部反応はペニスで感じ取れるし、藤乃の反応は秘唇の蠢きを見れば明らかだ。

「あーもうほんとイキそうイキそうっ、イクイクイクっ」

桜子が耐えきれずに背筋を反らした。

タイミングをあわせて、健史は股間に込めていた力を解放する。

「イけっ！　アへってイけッ！」

「ぁはぁあああッ、イックぅうぅうぅうううッ！」

射精と同時に膣痙攣で肉棒が揉みしだかれた。セックス慣れした襞穴の激しいうねりを存分に味わい、しっかりと精を出す。心地良い。先月までセックスのセの字も知らない童貞だったが、いまはこの快楽なしに生きていける気がしない。

「ああ、桜子、そんな顔をして……夫以外との交わりでそんな風になってはいけないわ、絶対にいけません」

藤乃はこの期《ご》に及んで良識を語るが、その目つきはあまり善良とは言いがたい。濡れた瞳で娘を眺める顔にあるのは、浅ましい羨望《せんぼう》である。

健史は射精を適度なところで終わらせて、藤乃の尻を平手で叩く。

「きゃあッ！　な、なにをするのですか！」

「そろそろほしいんでしょ？　メス穴が娘犯したち×ぽをほしがってますよ？」

「な、なんて下品な物言いを……！　タケガミさまともあろうひとが……あんッ」

「めちゃくちゃ濡れてるしヒクついてるじゃないですか」

藤乃の秘処に指を差しこむと、それだけで蜜が滝のようにこぼれた。狙いどおり娘を横で犯されて興奮したのだろう。親子関係を性欲で穢されて被虐的に高まり、焦らされることで欲求が高まっていく。結果が愛液大洪水だ。

「いいじゃない、母さんも癒やしの儀式されちゃおうよ。父さんには内緒にしておいてあげるから。母さんだって好きでしょ、このエッグいおち×ぽ」

「私はそんなつ、あひッ、あぁぁ、指グリグリしないでぇえっ」

幼子のようにいやいやと首を振る藤乃。

犯したい。演技ではなく本気で健史はそう思った。なので言った。

「嫌がっても犯すぞ、藤乃」

ペニスを桜子から抜き、膝で真横に移動して肉々しい秘処に即挿入する。

「ひぃいいッ、いやいやいやっ、あひぃいいいいいいッ！」

いきなり絶頂に達する藤乃だが、健史はお構いなしに腰を振った。

娘より肉厚でジューシーな雌壺をえぐりまわす。

「へぇええッ、あへぇええッ、おんッ、あおぉおおッ……！」

「うーわあ、お母さんすっごい顔してる……おち×ぽ気持ちいいの？」

桜子は普段厳しい母に思うところでもあるのか、皮肉っぽい言い回しだった。

それに応じる余裕も藤乃にはない。マットに爪を立てて、おーんおーんと遠吠えじみた声をあげている。

「死ぬうぅうッ、死んじゃううううッ、ぉおおッ、おーんッ」

「母さんのこんなとこ見たら村のみんなひっくり返っちゃうわね」

「男はみんな藤乃さんの恥ずかしいとこ何度も思い返して、オナニーしちゃうんじゃないかな。村のオナペットだね、藤乃さん」

「いやいやいやあ、そんなのいやよぉおッ、おひぃいッ」

桜子とふたりがかりで言葉責めをすると、藤乃の律動が激化していく。腰が震え、たっぷり実った尻肉が波打つ。

健史は大きく腰を遣《つか》った。やはり大きな尻は思いきり突きたくなる。

攻撃的な男の本能に晒されて、藤乃の芯は濡れそぼっていた。潮を噴いたわけでもないのに愛液が飛び散る。なまじ普段厳格で貞淑な女として振る舞っているから、反動として惨《みじ》めなメス犬と化しているのだろう。

「出すぞ、藤乃！　中出しするぞッ！」

「ゆるしてぇええッ！　中出しイヤなのぉ！　こわいっ、こわいぃいいッ！」

藤乃は幼児のように嫌がりながらも腰を押し出していた。膣奥で子宮口も降りてきて亀頭に吸いつく。

お望みどおりに健史は全力で腰を突き出し、精を解放した。

「ひあぁああッ！　イクッ！　イグッ！　あへっ、はへぇえええええッ！」

「あーあー、お母さん鼻水まで出しちゃって、アヘ顔すっごい。子宮いっぱいに精液飲んでストレス発散しようね」

母親の頭を撫でる桜子の手つきは親子関係が反転したように母性的だった。

（ひとまず丸く収まるのかな……？）

桜子の提案で親子丼をいただくことになった当初は不安もあった。さすがに背徳的にすぎるし、藤乃が絶対に許さないのではないかと。いくら性欲過剰のツキワズライにかかっているとはいえ、やはり根は厳格な女帝なのだから。

結果的には盛りあがったし気持ちよかった。親子関係に悪い影響が出る気配もないなら気兼ねなく射精してもいいだろう。

「もっとやろうか」

「あははっ、タケガミさまはお元気ねえ」

「無理ぃ、もう無理なんですぅ……ゆるして、ゆるしてぇ」

股を濡らして歓喜するふたりを、健史は力のかぎりよがり狂わせた。

健史もつねに腰を振っているわけではない。

藤乃は家の切り盛りで忙しく、桜子もそれを手伝ったり、友人と街でティータイムやショッピングを楽しむこともある。

健史はひとりやることもない。スマホを見るのにも飽きがくる。

だから散歩に出かけるのだが、やはり田舎は田舎。どこまでも田畑に山、間隔の離れた家々。たまに人を見かけると視線が妙に突き刺さる。

いかんせん田舎である。住人はみんな顔見知りで、よそ者は当然目立つ。敵意はなくとも好奇の目が鋭すぎると萎縮してしまう。

健史が山木家の一員と知られてからは、視線も多少和《やわ》らいだ。

だがその日はなんとも奇妙な目で見られていた。

「なんだろう……？」

農作業中の年配女性たちが健史を見てヒソヒソ話をしている。

笑顔は浮かべているが、やけに粘着質な空気があった。

「あら、あの方が……」

「ええもう、ものすごいそうよ」

「あの藤乃さんがねえ……」

「私もツキワズライにならないかしら」

断片的に聞こえる会話から、なにを話しているのか見当はついた。

「儀式のこと知られちゃったのか……」

田舎の噂話は稲妻のように駆け抜ける。健史がペニス一本で大活躍していることは尾ひれ付きで知れ渡っているだろう。

たしかに儀式中は荒れ狂っているが、日常では気弱な青年のままである。

「散歩、やめようかな……」

考えてみれば散歩以前にいつまで滞在するのだろうか。

そろそろ就職活動をしないと将来が不安である。バイトぐらいしておかないと家賃も払えなくなってしまう。タケガミさまとして精を出すかぎりは山木家に置いてもらえそうだが、ツキワズライの女性がいなくなればタダメシ食いに堕《お》ちる。

「とりあえず、一度家に戻ろうかな」

考えながらあぜ道を歩いていると、横の畑から声をかけられた。

「あの……タケガミさまでしょうか？」

「え、あ、はい、タケガミさまと呼ばれていますが」

想定外の声かけだったので、少々おかしな対応をしてしまった。

相手の見た目もいささか予想外である。

桜子よりすこし年長だろうか。黒黄で色分けされたデザイン性の高いジャージのトップに、黒地に白ライン入りのレギンスを着ている。

白いキャップから豊かにこぼれる長い髪は波打つ亜麻色。

口紅は男の本能を誘う鮮烈な赤。

桜子も派手な印象はあったが、最低限、場に馴染む出《い》で立ちを意識していた。対して目の前の彼女は田舎の農作業というより都会でジョギングでもしてしていそうな印象である。

「新田芽衣子《にっためいこ》と申します。実はタケガミさまに折り入ってお願いがありまして」

「ええ、はい、自分にできることでしたらぜひ」

反射的に答えてから、内心しまったと後悔する。

山木家を介さずに神さま活動をしてよいのだろうか。

考え直す暇もなく、芽衣子が手を握りしめてきた。

「でしたら早速お願いします」

獣の目だった。


芽衣子は健史をバイクの後部に乗せて街まで走った。

一直線に入っていくのはラブホテル。

部屋に踏み入り、ドアを閉めるなり、彼女は健史のまえに膝をついた。ためらいなくズボンのファスナーを下ろして逸物を取り出す。

「気が早くないですか芽衣子さん！」

「仕方ないじゃないですか。私、ツキワズライなんですよ？　あーヒトキタケをたくさん食べたせいで、いやらしい気持ちが止まらないぃー」

「それは大変ですしお力になりたいとは思っていますけれども！」

「タケガミさまだってヤル気じゃない？　なんなの、このエッグいち×ぽ。大きいだけじゃなくて形まで女を殺す気満々じゃない？」

言われてみれば形が凶悪だ。

幹の反り具合もエラの立ち具合も、全体に浮かぶ青筋の数も。

タケガミになった当初よりねじくれた印象がある。

「あー、やっぱ。こんなち×ぽ初めて……しゃぶるわよ？　私、フェラ好きなの。男とはじめてヤるときは絶対に最初にしゃぶるの。最初にお口で形と大きさを覚えて、このち×ぽをま×こに突っこまれるんだって考えながら前戯すると、ものすっごく燃えるのよ。あーしゃぶりたい。このち×ぽ絶対しゃぶりまくってやる……」

「あの、落ち着いてください。あとツキワズライの症状は……」

「いただきまーす」

ペニス全体が熱感と湿潤に包まれた。

「うわ、いきなり根元まで……！」

「んー、んふー、ふぅぅ、ふぅぅ、おいっひぃぃい」

ぢゅっぱ、ぢゅっぱ、と芽衣子は音を立てて肉棒をしゃぶりだした。口腔全体をオスの肉塊に張りつけ、舌をよじりまわして味わっている。口だけでなく顔を左右に傾けてあらゆる角度で賞味する。

無我夢中といった様子で、健史の声はまるで届いていない。

「んぢゅるるッ、じゅぢゅぢゅッ、ぢゅるるるるるぅぅッ……ぢゅぱッ」

スッポンもかくやの吸いつきに圧倒された。桜子も積極的ではあったが、これはもはや肉食獣だ。油断すると腰が持ちあげられてしまう。

「ちょ、ちょっと落ち着きましょうか芽衣子さん……！」

名前を呼んでも返事はない。それどころか彼女はますます荒ぶるばかりだ。

猛烈にバキュームしながら頭を振る。口内摩擦でペニスを擦り搾るばかりか、思いきり喉奥をぶつけてくるのだから恐ろしい。

「んぢゅっ！　ぢゅぽッ！　じゅぱッ！　ぢゅぱッ！」

喉を打つ際にすこし唇が開くらしく、わずかな隙間から空気が流れこむ。その瞬間、唾液の泡がペニスにまとわりつくように素早く流動する。その刺激が存外に気持ちよく、健史はたまらず身震いした。

「んーん？」

上目遣いに眺める芽衣子の顔は卑猥《ひわい》に歪んでいた。

鼻の下が伸び、頬が窄《すぼ》まった、美貌をみずから台なしにする形相。そうすることに彼女自身も興奮しているのだろう。鼻息がひどく荒いうえに、自分で胸と股をいじりまわしている。ツキワズライ恐るべし。

(これはとりあえず一発出すしかないか……!)

この調子ではバキュームフェラが永遠に続きそうだ。解放される手段として一度達して仕切り直す以外に思いつかない。

いったん快感に身を任せる。

思いきり吸われ、擦られ、喉奥で打たれ、加速度的に愉悦が高まっていく。

「うっ、ぐううッ……! イクッ、出るぅう……!」

「んふふぅうッ……ぢゅるるるッ、じゅるッ、ぢゅぱぱぱッ!」

追い撃ちのごとき激烈吸引で健史は果てた。

マシンガンのように熱濁が飛び出すあいだも、芽衣子は口を離さない。むしろ鼻面を健史の股間に擦りつけ、喉奥をみずから押し潰すように亀頭を圧迫していた。精液の喉越しを直接味わっているらしい。嚥下するたびに喉が締まって、絶頂の快感がさらに押しあげられる。

「おっ、くっ、おおぉ……！」

苦しげに悦声をあげる健史を、芽衣子はさも楽しげに見あげていた。

仕切り直しても芽衣子の蹂躙《じゅうりん》は止まらなかった。

当然のように騎乗位で腰を振る。

ベッドがきしむほど荒々しく振りまくる。

「あーやばいっ！　ち×ぽすっごい！　このち×ぽ完全に女殺しのやつぅ！」

お気に召したのはなによりだが、相変わらずの激烈プレイだった。

まず腰の振り幅がすさまじい。亀頭が抜ける寸前で切り返し、健史の股間が壊れんばかりに尻を叩きつけてくる。暴力的とすら言ってもいい。健史が藤乃を犯すときですらここまで激しくはないのではないか。

「よ、よくこれだけ腰振って抜けませんね……！」

「神さまのち×ぽが食いこむからよ！　あんっ、ああッ、このカリ首、意地でも女の中に居座ろうって態度じゃないのッ！　この女殺し！　レイプ魔！　セックスするためだけに生まれてきたような極悪ち×ぽッ！　ぁはあッ！」

まさかの言葉責めに健史が閉口すると、さらなる口撃が襲い来る。

「あんなえぐい味のザーメン飲ませておいて、いまさらそんな羊みたいな顔して無害なフリが通じると思ってるの？　んっ、ふふッ、女犯して好きほうだい中出しして調子乗った強姦魔のくせしてさあ……あははッ、あんんっ、あーんッ！」

散々侮辱されて被虐の悦びを感じるよりも、健史は戸惑うことしかできない。それでもたびたび快感にあえぐのは、芽衣子の腰遣いがなんだかんだで上手いからだ。気持ちよくて体が勝手に悶えてしまう。

（桜子さんは昔男遊びしてた元淫乱タイプだけど、このひとはたぶん今でも隙あらば男を食い荒らす痴女タイプだ……！）

ツキワズライだけのせいとは思えない。このラブホテルでの出来事ではきっと芽衣子の本性が露呈しているのだ。

放っておけば平和な嶽神村に異性間のトラブルを招くだろう。

ここで懲《こ》らしめておくべきなのかもしれない。

「よし……ここからが本番だ」

健史は肛門に力をこめて絶頂をこらえ、行動を開始した。

がしりと彼女の太腿をつかむ。汗ばんだ肌にはバラのタトゥーが刻まれているが、容赦なく握り潰す。

「あら、あら、やっぱり強姦しちゃうの？」

つかまれて動きにくくなっても、芽衣子はまだまだ余裕の体《てい》。動ける範囲で最速最大限の円を描きつづける。

「悪い村人に罰を与えるんですよ」

健史は腰をすこし浮かせた。腰をすこし屈して、肉棒の角度を変える。いままでの性経験と芽衣子との対戦経験から、その最低限の変化で最大の効果が得られることはわかっていた。

子宮口を押し潰すのである。

「あへッ」

芽衣子がのけ反って荒れ狂う腰が停止した。やはりセックスの経験が深いからこそ、彼女の膣内も開発されているのだろう。とくに子宮口は行為を重ねれば重ねるほど感度があがると桜子も言っていた。

すかさず健史は竿棒をねじった。集中的に最奥をこねまわす動きでさらに芽衣子を追い詰めていく。

「どうだ、これでどうだ、そらそらっ」

「あへっ！　はへぇえええッ！　それキツいッ、それ効きすぎるヤツッ！」

「ならイケッ！　イッて反省しろッ！」

鋭く腰を引いて子宮口を解放。

すぐに全力で突きあげ、叩きつぶしてやった。

「あおッ！　おへぇええぇぇええぇぇええぇえぇぇえーッ！」

仰け反り返ったままオルガスムスに痙攣する芽衣子を、健史は逃さない。

ここぞとばかりに腰を振り、最奥の弱点を連打する。

あの藤乃ですら死ぬ死ぬと涙を流す絶頂地獄のはじまりである。

「あぉおッ！　おひッ！　あへぇええッ！　イグッ！　イッぢゃううぅぅううッ！　まだまだイギまぐるぅううぅぅうううッ！」

女というものは、このように扱うとイキ狂う。

健史は確信を持って突いて突いて突きまくり、彼女がぐったりと倒れてきたところで抱き留めてやった。優しさのためではない。

「トドメに思いっきり出すから、絶対に逃がさないよ」

強く抱きしめて女の柔らかさを感じながら、抑えてきた快感を解き放つ。

亀頭で子宮口を押し開きながら、全身の体液を放出するような勢いで射精した。

「おひッ！　おぉおおッ……あおぉおおおおッ！」

絶頂に屈した直後、子宮へ直接精子を注ぎ込まれる凶悪なまでの快感。

芽衣子はなにかの発作じみた痙攣を起こしていた。快感がオーバーフローして神経がおかしくなっているのだろう。

「セックスで乱れるのも程々にね？」

耳元でささやきながらも射精する。出しまくる。延々と出す。

子宮が満杯になって逆流してもなお注ぎこむ。

「あ、ぅう……」

芽衣子は白目を剝《む》いて失神した。

ここまでやれば思い知っただろうと健史は息を吐き、射精を止める。

彼女が我に帰ったのは数分後のことである。

うぅーん、と上体を起こして伸びをし、股から大量に逆流する白濁を見て感嘆の声をあげた。

「ほんっとタケガミさま最高……それじゃあ二回戦といきましょうか」

「ぜんぜん反省してませんね……」

健史はがっくりと脱力するも、すぐに気を取りなおす。

どうやら戦いはまだはじまったばかりらしい。

堺弘恵《さかいひろえ》が声をかけてきたのは個人経営の古びたスーパーでのことだった。

村の外れの小さな店で、雑貨店を増築したような趣がある。

店に入ってジュースと菓子を物色していると、「あの」と躊躇《ためら》いがちに言われた。

「山木健史さん、でしょうか」

「ああ、いえ、長浜です。山木家は母方なので」

「これは失礼しました、長浜さん。わたくし堺と申します。堺弘恵です」

先日の芽衣子とは対照的に控えめな声と態度だった。衣服がジャケットワンピースの喪服なので余計にそう見えるのかもしれない。清楚で影のある雰囲気が、いまの健史には好ましく映る。

「ええと、堺さん、どのようなご用件でしょうか？」

「よろしければお店を出たあとお話を聞いていただけますか？」

芽衣子は頬を赤らめて周囲に目を配っていた。

店で唯一のレジから白髪の老婆が視線を送っている。なにやらモノ言いたげな表情だった。タケガミさまが女と会話しているのだから、いらぬ想像をするなと言うほうが無理だろう。

「わかりました、外で」

買い物をした後、ふたりはこそこそと店外で合流した。

歩きながら会話をすると、やはりというか、ツキワズライの話である。

「夫の三回忌が近づくにつれて生理の周期がひどく不安定になって……それに、その、お恥ずかしい話なのですが……」

「だいたいわかります。とりあえず儀式が必要なんですね」

「はい……お手数おかけして申し訳ございません」

みなまで言わずとも弘恵の求めることはわかった。並んで歩いていると彼女の息があがり、顔が上気していくのだ。似たような症状はいままでにも見てきた。

「どうぞ、こちらです」

弘恵の住まいは古びた民家の離れであった。

簡素な畳敷きのワンルーム。クローゼットに小型の冷蔵庫、テレビにちゃぶ台、あとは仏壇ぐらいしか見当たらない。

「狭くてつまらない部屋でごめんなさい。食事や入浴は母屋《おもや》を使っているので、とくに必要なものはないいんです」

「でも、たしかお子さんがふたり……」

なかば口にしてから、触れるべきではないことだったと後悔した。

「あの子たちは母屋に部屋をもらってます。私は倉庫だったこの部屋を使わせていただいて……兄も気を遣ってくれたんだと思います」

そういえば、と健史は思い出した。

芽衣子から聞いたのだが、堺弘恵は結婚のとき一悶着あったらしい。弘恵の実家と夫の実家が些細《ささい》なことから衝突し、完全に反目した。結果として病没した堺氏の葬式は彼の実家で行われ、未亡人の弘恵は式が終わると追い出された。

仕方なく弘恵は子どもたちを連れて実家に戻るも、両親は渋面。あの男の仏壇を家に置くことはできないとのこと。

弘恵は離れで静かに仏壇とすごすことになった。

仏壇の手前に置かれている写真には誠実そうな男性が映っている。

たぶん仲の良い夫婦だったのだろう。

「いいんですか？」

健史は念押しした。

「はい……両親も兄夫婦もこの時間は畑仕事ですし、子どもたちは学校ですから」

そういう話ではないのだが、彼女も覚悟はできているらしい。

健史もタケガミさまとして決断した。

「それじゃあ弘恵さん、ちょっと後ろ失礼しますよ」

座布団に正座した彼女の背後にまわり、肩に触れる。ビクリと彼女の全身が震えた。首筋を撫でると小さなうめき声が聞こえる。

「リラックスしてください。あくまで治療のようなものですから」

「は、い……あ、いえ、でも、すこし待ってください」

弘恵は手を伸ばして夫の写真を手前に倒した。愛した男の視線から逃れ、ほんのすこし脱力する。

「では」

健史は手の指で彼女の胸の膨らみをやんわり撫でた。くすぐるような手つきで微細な刺激を与えるほうが揉みしだくより快感を生みやすい。

手の平に収まりそうな程々のバスト全体をフェザータッチでさする。

それだけで弘恵の身震いが頻発した
「ああ……！　んっ、んっ、んふぅうッ……んあっ」

未亡人の切なげな声はたやすく高まっていく。健史の体臭に混ざったフェロモンも効いているだろう。

高めきった性欲の爆発でツキワズライを押し流すのがタケガミさまの仕事だ。

「そろそろ本気でいきますよ、弘恵さん」

「あっ……あああッ……！」

指と手の平で確認したバストの形状から、突端部を狙い撃ちで引っかく。

指先でカリカリとむずがゆい快感を与えると女は悦ぶのだ。これまでの経験で健史もすっかり弁《わきま》えている。

「かわいい声が出てますよ」

「んんっ……そんな、かわいいだなんて……」

「鼻にかかった高い声、気持ちよさそうで可愛らしくて俺は好きです」

唇で耳をさするようにしてささやくのも効く。そして年上の女性を可愛いと言うのは極めて効果的だと桜子に言われた。弘恵は二十代後半ほどだろうか。嶽神村の女性はヒトキタケのせいで若々しいので判断に苦しむ。

「弘恵さんが可愛い声を出すから、俺もうガマンできません」

言いながら、弘恵のお尻に股を擦りつけた。ガチガチに硬くなった逸物で柔肉を押し潰せば、彼女の息が瞬間的に止まる。間を置いて吐き出されたとき、その呼気には熱と甘みが含まれていた。

「これで気持ちよく治療してあげますからね」

「この硬いので、気持ちよく……」

弘恵は呆然とした様子でぽつぽつと呟く。うっとりと想像しているのだろう。若い男のペニスで未亡人の貞淑さを穢しつくされるのを。

ツキワズライの女は快楽に抗えない。

健史はそのことをよく知っていた。


夫の死から三年。

貞淑な妻であれば、女であることを自粛して当然の期間であろう。

付け加えるなら堺弘恵は二児の母。夫のかわりに子どもたちを守る立場でもある。

だからこそ溜めこまれた鬱積もあったのではないか。

それは反り返った巨根の一差しで破壊された。

「んあッ！　ぁああぁッ……ぁあああああぁぁあぁあーッ！」

正常位で貫《つらぬ》かれるなり、弘恵は身も世もなく絶頂を唱《うた》う。健史の腕に爪を立て、つま先で宙を引っかきながら。

喪服を脱ぎもせず、下着だけ脱いでの挿入である。

肌をさらさないのはせめてもの理性だろうが、かえって背徳的な趣《おもむ》きがある。彼女は夫を悼《いた》む服装でほかの男を受け入れてしまったのだ。

「どうですか？　イッて癒やされましたか？」

「わ、わかりませんっ……あっ、いやっ、垂れちゃうっ」

畳に敷いた布団に愛液が垂れ落ちると、恥ずかしげに腕で顔を隠す。放埒《ほうらつ》な桜子や芽衣子はもちろん、藤乃とも違った恥じらい方に、健史は興奮した。

彼女の絶頂が収まるのを待って、ゆっくりと腰を動かす。

入り口から最奥まで優しく突き、最奥をすこし押す。

「ああッ！　あああッ！」

子宮口への刺激で高い声が爆《は》ぜるのは予想通り。

最奥から入り口へと、カリのエラを引っかけるようにして後退。

「ぁあああぁぁあ……！　あっ、あっ、あぁあああぁッ……！」

長く間延びするようなあえぎ声。こちらも予想通り。

予想外だったのは、カリ首に感じる粒々した異物感だった。

「お、お、これは……！」

壺中の襞肉が大粒で引っかかりやすく、ひどく直接的な快感が生じる。そしてそれは弘恵にとってもおなじらしい。大粒の襞には性感神経が密集しているのだ。

「あああッ、あーッ、あぁんッ、ダメぇえッ……！」

「このあたりヒダヒダが多くて、おっ、いいなあ、弘恵さんずいぶんとえっちなおま×こしてるんですね？」

「ダメっ、いやッ、そんな言い方はおよしになってください……！」

弘恵の羞恥に赤らんだ顔が背《そむ》けられた。

いや、彼女はおそらく仏壇前で伏せられた夫の写真を見たのだろう。

不貞の罪悪感に体がこわばっている。

同時に、罪悪感をスパイスとした昂揚感に膣内が総毛立っていた。充血した肉襞はさらに膨らみ硬くなり、男根を快楽の渦に導く。

「あーすごいっ、これは名器だなあ。パンパン突いたらち×ぽにクチクチ当たって、くうぅぅ、弘恵さんのおま×こ最高っ！」

ことさらに喜悦を言葉にすると軽薄な感が出るかもしれない。

けれど、貞淑な人妻と軽薄な男との情交にはえも言われぬ艶めかしさがある。彼女の夫への愛情を足蹴にするような、残酷で甘い艶めかしさが。

弘恵も同様らしく、秘処の濡れ具合はすさまじいものがあった。布団はすっかり湿りきって、生臭いほどの性臭が立ちこめている。

「あうッ、あッ、あんッ、あんッ、こんな、ああッ、またきちゃう……！」

「感度もよくてエロい穴ですね。ほかの部分も感度はいいけど」

健史は腰振りを止めずに服越しの乳房を揉んだ。肉が歪むような揉み方で、性感刺激としては逆に弱い。が、ここで重要なのは「男らしさ」を感じさせることだ。

――性欲の強いオスに柔胸をもてあそばれている

そんな実感が弘恵のなかの後ろ暗い快楽を高めていく。おそらくは無意識のうちに腰が浮き、より男を迎え入れやすい体勢になっていた。

「はあああッ……！　待って、待ってくださいっ……！」

「どうしたんです？　おま×こも乳首もこんなになってますけど」

「あぁんッ、ぁあーッ！」

ピストン運動をすこし加速し、指先で乳首を弾くと、弘恵が痙攣しはじめた。

襞粒まみれの肉壺も激しく震えて男根を締めあげる。

「俺もイクッ、あー出るッ、出る出るっ、浮気女に種付け汁出るッ」

「いやっ、いやいやいやッ、違うのッ、違うんですっ、浮気じゃないぃ……！」

「旦那さん、奥さんの子宮を使わせていただきますッ」

最後の瞬間、健史は彼女の顔を覆った腕を強引に引きはがした。とろけきった悦顔を見ながら、深い達成感とともに射精する。粒立った膣内の圧迫が噴出を後押ししてくれた。

弘恵は子宮を間男に満たされ、達した。

「あいッ！　いやいやッ、あなたごめんなさいッ、ぃあああぁあああーッ！」

おそらくは三年ぶりの中出し絶頂を、未亡人は悶え狂って味わった。止まることなき超人的射精力で、終わることのない至福の底に堕ちていく。

湿った布団のうえに、どぱり、どぱり、と糊《のり》のように濃い精液があふれ出した。小さな離れの空気が、淫らな精臭に塗り替えられていく。

「あーッ！　あーッ！　あへっ、あぁあーッ！」

もはや弘恵には言葉はない。未曾有《みぞう》のオルガスムスに意識が朦朧《もうろう》としている。

適当なところで健史は逸物を抜いた。射精は止めていない。

着たままの喪服にべちゃりべちゃりと白濁が地図を描く。女を力ずくで征服した版図を描く気分で、ひどく清々しい気分になった。

「あぁ……！　こんないっぱい、出されたことないわ……！」

彼女は喪服を穢す男のエキスに見入っていた。つい先ほど夫に謝っていたことすら忘れたかのように、うっとりと目を細めて。

「弘恵さんが気持ちよくしてくれたからいっぱい出たんですよ。弘恵さんがエロすぎるから、まだまだいっぱい出そうです」

「まだまだ……いっぱい……」

生唾を飲む弘恵には期待感しか窺えない。貞淑さがなりを潜めつつある。

その後、ふたりの儀式はますます加熱した。


「タケガミさまにおかれましては大変お盛んなご様子」

宮代家の応接室でお茶をすすって一息つくなり、大巫女の美月に皮肉られた。

温和な笑顔なのになぜか藤乃に睨みつけられるより迫力がある。

白と緋色《ひいろ》の巫女装束の清廉《せいれん》さも、取り付く島のなさを表しているかのようだ。

(心当たりは大いにあるけど……)

とある日曜日、健史は嶽神神社の裏手にある宮代家の住まいに招かれた。意外にも洋風の応接室で紅茶を出されて驚いたところでの一撃だ。

「お盛ん、と仰《おつしや》いますと」

「若い男の子ですから、さぞかし元気が余ってるんでしょうね」

すっとぼけられる状況ではない。

健史は大人しく負けを認めて頭を下げた。

「ごめんなさい、調子に乗ってやりすぎました」

「癒やしの儀式はタケガミさまの神事です。尊いものです。ですが、誠に遺憾ながらツキワズライの女性とそうでない女性を見分ける目を、タケガミさまはお持ちでないのです」

「つまり……もしかして」

「堺弘恵さんはツキワズライですが、新田芽衣子さんは患っていません」

どうやらただの好き者だったらしい。

ますます言い返せなくなり、健史は頭を下げる。

「ごめんなさい、まったく理解していませんでした……」

「儀式をおこなう相手は今後私からお伝えしますので、参考にしてください」

柔らかな笑顔と静かな口調にすさまじい圧を感じる。普段優しい人間のほうが怒ったときは恐ろしいという言葉の体現者がそこにいた。

気まずい空気のなか、コンコンとドアをノックする音が響く。

「失礼します」

小詠が小さく会釈をして入ってきた。

手にしたお盆にはレアチーズケーキが載せられている。

「それでは私は神社に用がありますので、どうぞごゆっくり味わってください。私と娘の手作りケーキですので」

「どうも、いただきます」

美月が席を立ち、小詠とふたりで恭《うやうや》しげに一礼して退室する。

ひとり残された部屋に健史は気まずさを感じながらも、ケーキを食べてみた。

「あ、本当においしい」

濃厚な甘みと酸味の爽やかさが絶妙に混じりあう上質なチーズケーキだった。作ったのが美人巫女親子という付加情報も味わいを深くする。

ケーキを嚥下したあとも甘い後味が残る。そこで紅茶を飲むと口のなかがサッパリして、次の一口を求めてしまう。気がつくと平らげていた。

「ごちそうさまでした」

合掌して一息つき、はて、と考える。勝手に出ていっていいのだろうか。玄関に鍵をかけないで外出するのは田舎の常と聞いたことはある。山木家が厳重なので、健史にはそういう意識はあまりないのだが。

美月の夫も神主として神社に常駐しているので不在だろう。

「そうだ、小詠ちゃんなら家にいるかも」

健史はソファから立ちあがり、恐る恐る応接室のドアを開けた。

「あのー、すいませーん」

呼びかける声が細くなる。他人様の家で勝手に行動できる状況にいささか緊張していた。忍び足で台所やリビングなどを覗くがだれもいない。

階段を登るときも音が鳴らないよう気を付けた。かえって怪しい挙動になっている気がしないでもない。

「……ぁ……ぅ……」

小さく声が聞こえた。高い声なので小詠だろう。

二階の廊下を歩いて声の出所をたどる。

やがてたどりついた一室のドアをノックしようとして、手を止めた。

「あっ、ああ……はあ、うぅ、んッ」

聞こえてくるのはあきらかに言葉ではない。

「まさか……」

健史は固唾《かたず》を呑んだ。

宮代小詠は愛想も愛嬌もない、若い娘だった。礼儀正しくはあるが無味乾燥で、少々近寄りがたい雰囲気が強い。

恋愛はもちろん性欲すらなさそうな印象だった。

けれど、この声は。

「ああっ、んっ、んっ、はあっ……！」

濡れて湿った甘い声はとびきり可愛らしく、色っぽくもある。健史はすこし迷ったが、途絶えることのない声に抗いきれず、ドアに耳をつけた。

聞こえる声は紛れもなく、メスの愉悦にともなう吐息まじりのあえぎである。

「あうぅ、んんッ、なんで、なんでこんな……！」

ふいに混じった言葉はどことなく苛立《いらだ》たしげで、やはり印象と違う。

「これも、あのひとの……健史さんのせいで……！　ああもうッ、もおっ」

自分の名前が出てきて思わず息が止まった。

「健史さんっ、ううっ、最低っ、あんなひとッ、タケガミさまだからって、あんっ、あんッ、女のひとをあんなふうに、乱暴に、あああっ、いやっ、やだあっ」

文句をつければつけるほど小詠の喘ぎ声は乱れてゆく。

そして同時に、くちゅくちゅと水音まで聞こえていた。

（まずい、こんなの聞いてることがバレたら……）

状況的には洒落《しゃれ》にならないが、どうしても離れられない。

氷のようだった少女の意外な声に魅せられていた。

「こんなのいやっ、こんなの私じゃないッ、こんなの知らないッ、やだやだッ、いやあぁああッ……健史、さんっ……！」

声が弾み、途切れ、激しい呼気がつづく。

「イッ、ちゃったあ……健史さんのせいで……」

これほど嬉しい責任転嫁があるだろうか。

小詠は母親譲りの整った顔立ちを持つ美少女だ。その無垢《むく》な性感を自分が目覚めさせたのだとすれば、男として誇らざるをえない。

「これはやっぱり……ツキワズライなのかな」

ドア越しに聞こえた声が彼女の日常でなく突然の変化なのだとしたら。

それを癒やすのは自分の仕事なのかもしれない。

きたるべき未来に心が弾んだ。

第四章　処女巫女貫通

「このたびは娘の儀式を執り行っていただけないでしょうか」

大巫女の美月は畳に三つ指をついて頭を下げた。

山木家の客間を訪れてのことである。

健史は慌てて頭をあげてもらい、ためらいがちに問いかけた。

「娘さんって、小詠さんですよね」

「はい。娘がツキワズライにかかりました」

彼女のオナニーをドア越しに聞いたのは三日前のことだ。

てっきりそのことがバレて咎《とが》められると思ったのだが、苦境が転じて慮外の幸運が転がりこんできた。

「娘は大学生で、すでに成人もしています。法的に問題はないでしょう」

「それはもちろんそうなのですが……」

いままでツキワズライにかかっていたのは年上の女性ばかりだ。ヒトキタケの作用でいくら若く見えても、やはり年長者としての風格があった。

一方で小詠にはまだあどけなさがある。外見的には大学生よりもう一段階、あるいは二段階ほど若く見えるぐらいだ。

熟女とは違った新鮮な魅力に健史はのぼせそうだった。

（いやいや、ちょっと溜まってるからって、俺、興奮しすぎだな。もっと落ち着かないと……）

彼女のオナニーを耳にして以降、タケガミさまとして儀式は行っていない。桜子や藤乃の予定が合わなかったからだが、そのぶん性欲は溜まりきっている。美月から小詠の話を聞くと股間が熱くなって仕方ない。

「詳しくは娘から聞いてください。場所は神社の内舞殿で行います」

「ないぶでん？」

「癒やしの儀式で秘湯のまえに使う場所です。本来は内舞殿で体をほぐしてから秘湯を使うのが正式な手順なのですが、古い風習なので実際に使う方はいませんね」

美月は相変わらず鷹揚《おうよう》な笑みを浮かべている。

これから娘と交わる男に見せる笑顔とは思えなかった。母親というより大巫女としての役割に徹しているのだろうか。

おそらくここで断るとかえって宮代母娘の顔を潰すことになる。

「わかりました……がんばります」

「よろしくお願いします」

母親とおそらくは父親も公認で、健史は娘を抱くことになった。


嶽神神社の内舞殿はごくごく簡素な板張りの部屋だった。

中央に布団がひとつ。

それを挟んで、正座の健史と小詠が向きあう。

健史は死体が着るような白装束を着せられていた。

小詠は白の小袖と緋袴の巫女装束。ポニーテールの黒髪に清廉さが漂う。

三つ指をついて頭を下げれば綺麗なつむじが見えた。

「このたびタケガミさまには儀式の手ほどきをしていただけるとのこと、わたくし宮代小詠は深く深く感謝申し上げます」

「ああ、いや、そんなかしこまらないで。緊張するでしょ？」

年下の処女が相手なので健史も気遣ってみたのだが。

「これは神聖な儀式です。かしこまらずにはいられましょうか。タケガミさまも粛々と威厳をもってお勤めをお願いします」

小詠の顔に揺らぎはない。冷静沈着で不動の無表情。

先日、部屋から漏れ聞いた声はもうすこし感情的で愛らしかったのだが。

もちろん小詠の外見はあらためて見ても整っている。ほかの年上美女たちと違って化粧っ気が薄いが、十代の幼さを残した面立ちにはよく似合う。成人しているのか不安になるぐらいだ。

「念のため確認するけど……年齢はだいじょうぶなんだよね？」

「マイナンバーカードを用意しています」

「たしかに……今年成人したばっかりだね」

差し出されたカードを確認し、あらためて実感する。

去年まで未成年。

半年ほど前まで制服を着て高校に通っていた。

「準備はできているようですね」

充血した逸物が白装束を押しあげてはみ出している。

心なしか、すこし前よりさらに大きく成長している気がした。

「それが入るんですね」

小詠は淡々と言うが、目は逸物に釘付けとなっていた。

「それが、入るんですか」

細い喉がこくりと音を鳴らす。

額に汗の粒が浮かんでいた。

表面上はいつもどおりだが、どことなく緊張している気配がある。

「その……聞きにくいことなんだけど、小詠ちゃんって恋人とかはいる？」

「いません。作る必要もありませんので」

「ということは、やっぱり……処女、なんだよね」

「はい。なにか不都合でもありますか？」

はじめてでこのペニスは大きすぎるのではないか。

経験豊富な美女熟女をよがり狂わせた巨根である。

不安な気持ちは大いにあるが、健史は平静を取りつくろった。年長者がしっかりしないと年少者はもっと不安になる。性行為の経験は嶽神村にきてから急ピッチで積んできたので、内心まで驕《おご》らなければリードできるはずだ。

「それじゃあすこしずつ慣らしていこうか。痛かったり苦しかったりしたら遠慮なく言ってね」

「お気遣いなく。儀式に耐える覚悟はあります」

「耐えるんじゃなくて協力してほしいんだ。ふたりでいっしょに良い儀式にしていこうよ。ね、小詠ちゃん？」

「……そうですね。みっともない儀式にはしたくありません」

筋道を立てて説明すれば納得してくれる。根は素直な少女なのだろう。

健史が膝ですこしにじりよると、小詠の肩がわずかに震える。

またすこしにじりよると、「ひゅ」と切るような呼気が聞こえた。

「だいじょうぶ、小詠ちゃんが嫌がるようなことは絶対にしないから」

健史は小詠の両手を優しく握った。

彼女の肩がびくりと大きく震え、「はふ」と吐息が漏れ出す。

ほんのわずかだが頬が赤らんでいた。

「まずは手でスキンシップ。ほら、怖くない怖くない」

「私は子どもじゃありません」

握った手を小さく上下させると、唇がごくごくわずかながら尖った気がする。

（もしかしてけっこう表に出るのか？）

健史はあらためて小詠の表情や挙動をそれとなく観察した。

親指と人差し指のあいだ、合谷《ごうこく》と呼ばれる部位を揉みこむ。すると安心したように肩の力が抜けた。

いとおしむように指を撫でれば、彼女の顔の赤らみが濃くなる。

「だいじょうぶ、だいじょうぶ」

手をしっかりと撫でまわしたのち、肩を叩く。肩を揉む。

肩から二の腕をさする。フェザータッチで何度も何度も念入りにさする。性感帯とされている場所ではないが、性感がないわけではない。触り方次第では気持ちよくなれることを健史は知っていた。

「ん……ん……ふぅ……」

小詠の顔がどんどん赤くなり、その色は耳にまで及ぶ。目が細くなり、唇が半開きになっていく。夢うつつで酩酊《めいてい》する表情だった。

「上手……なのですね」

「精いっぱいがんばってるからね。小詠ちゃんにも気持ちよくなってほしいから」

「……どうも、ありがとうございます」

相変わらず言葉は堅苦しいが、体のほうは適度にほぐれているだろう。

「ちょっと首、失礼するよ」

首元を指先で撫で、顎の下をくすぐる。

「ひゃうっ」

想定外だったのか、小詠は甲高《かんだか》い声で鳴いて、すぐに口元を袖で隠した。

「ごめんなさい、変な声が出てしまって」

「可愛いよ、小詠ちゃんの声」

顔どころか首まで紅潮する。本当に可愛らしい。まるではじめて恋を知った中学生のように初々《うい うい》しい。がぜん男の欲望が高まりだす。

「それじゃあそろそろ本格的に触るけど、症状について教えてもらえるかな？」

健史は手を首筋から下ろしていく。

鎖骨《さこつ》から胸へと滑りゆく男の手を、小詠は眺めながら述懐する。

「もともと私はツキワズライではありました……これまでずっと、性欲というものがなかったんです」

「ずっと？　中学高校大学、ずっと？」

「はい……だから、その、自慰行為というものも、したことがなくて……」

ツキワズライの症状は個人差が大きい。発情する者がいれば、その逆に欲望が一切なくなる者もいるのだろう。

しかしそれも今は正反対である。

小袖ごしの胸を優しく触れれば、小詠の腰が切なげに揺れる。当然フェザータッチで性感神経を反応させているのだが、それにしても素直な反応だ。

「でも、このあいだ、街で桜子さんの車に乗せてもらった日……んっ、ぁう、車内でタケガミさまとご一緒した、あの日に……急に」

「ああ、あのときね、なるほど」

健史が桜子とカーセックスした日。小詠は精臭が立ちこめる車内で帰宅までの時間を過ごした。その臭気にタケガミさまの特殊なフェロモンが混ざっていたのであれば、その影響でツキワズライの性質が変化したのかもしれない。

「具体的にはどうなったの？」

健史はそっと彼女の胸を愛撫した。突端を中心に円を描くように。けっして中央の尖りには触れず、たっぷり焦らしていく。

「んっ、それは……夜、下腹部がやけに熱くて、むずがゆいような感覚になって……はじめて、その、んんっ……！」

「恥ずかしがらないで、教えて」

「ぅう……はじめて、自慰を、しました」

小詠がとっさに背けた顔に、健史は胸が弾むのを感じた。

眉間に皺を寄せているが、怒りに駆られているわけではない。紛れもなく羞恥の表情が浮かんでいた。

「かわいい」

本心からの感想がこぼれた。

少女の恥じらいに胸を打たれたのだ。

鋼の無表情を打ち砕くことができた達成感も興奮に拍車をかける。

「かわいいなあ、小詠ちゃんは」

左右の五指をそれぞれ彼女の胸の中央に擦り寄せていく。

す、と尖りに触れた。爪を優しく引っかけ、鋭く引っかいた。

「ひぃんッ……！　ぃあッ、あああ……！」

表情につづいて声まで崩れた。甘くたるんだ愉悦のあえぎが鼓膜から健史の脳に突き刺さる。処女がはじめて男に愛撫されてよがっているのだ。

ほかの男に穢されるまえの純白の少女。

(はじめてを俺のものにできるんだ)

気を緩めたら獣のように押し倒してしまうだろう。

いまはむしろ焦れったさを楽しみたい。

「声はどんどん出していこう。血管や神経にかかる負担を声で発散するって、スポーツでも言うからね」

「わかりました……んっ、ああっ、でも、おかしな声にならないか心配で……」

「おかしくないよ。可愛らしくて、もっともっと聞いてみたい」

人差し指の爪で乳首をカリカリと引っかきながら、ほかの指で乳房に触れる。しっかり揉んだわけではないので確信はないが、ふたつ気になる点があった。

「もしかして下着はつけてない？」

「はい……儀式の邪魔になると思って」

想像通り。やけに柔らかみを感じとりやすいと思った。

問題はもうひとつの疑問だ。

(この子、もしかして……)

今度は直接問いかけず、機を窺う。

「んっ、はっ、ああ……あんッ！　あぁあ、タケガミ、さま……！」

理知的で冷淡だった声が、子どもが甘えるような声に変わっていく。布越しに乳首を引っかくのがずいぶんと効いているらしい。

「それじゃあ、そろそろ……脱がしてもだいじょうぶかな」

「……はい」

恥ずかしげではあるが言質は取った。

健史は鼻息が荒くなるのを堪《こら》え、ゆっくりと小袖の襟に手を差し入れる。

左右に押し開く。

するとたちまち肉の奔流があふれ出した。

それほど大質量の双球が剝き出しになったのである。

「ほお」

(デ、デカい！)

どうにか内心の驚きを胸中に押しとどめた。

「みっともない胸でごめんなさい……」

「いや、みっともないなんて、そんな。これは、素晴らしく……良いものです」

羞恥するのもやむをえないものが、ふたつぶら下がっていた。

いままで交わった年上美女たちにも負けない大玉の乳肉である。いや、勝っている
かもしれない。若い肌の張りがあってもなお、重力に引かれて熟したフォルムになる

ほどだった。

加えて、彼女自身の体は小さい。肩幅も狭めだろう。少女の華奢《きやしや》さを保ったまま、胸だけは熟女以上となれば、実際のサイズ以上に大きく見えた。

そして、白い。

染みひとつない雪色の乳膚が汗でツヤツヤと輝いている。

それでいて乳首は薄めのピンク色。乳輪と皮膚の色が混じりそうな色彩は、まさに彼女らしい清楚さを感じさせる。

嶽神神社の若巫女はなんとも神がかったおっぱいの持ち主だった。

「たぶん、このいびつな胸も……ツキワズライのせいかもしれなくて……」

「それなら、そうだね。マッサージして治療しよう」

健史は口から出任せで自分を正当化した。

揉んだ。

「あっ……！　はっ、ああっ……！」

たっぷり実った肉房を下からすくいあげ、重みを実感した。

手指をわきわきして指先を埋め、柔らかみを確認した。

汗の滑りを借りて撫でまわせば、肌のきめ細かさも痛感できる。

「いいおっぱいだね……だいじょうぶ、ぜんぜんヘンじゃないよ」

「で、ですが……んんッ、あううッ……！」

すこし力を入れて揉むと指がどこまでも沈みゆく。沈んだぶんだけ変形する皮下脂肪がいとおしい。いくらでも揉んでいられる。

小詠の反応もよかった。

先刻までの無表情はなんだったのかと思うほど恍惚《こうこつ》としている。漏れ出る声も鼻にかかった愛らしいもの。さらなる快楽を求めて媚びているかのようだ。

ただし言葉の内容にはまだ拒絶が残っていた。

「ぁああ、ダメっ、いやっ、ああ……！　ダメ、ダメです……！」

「痛いのかな？　なら止めるけど……」

「ち、違っ、そうじゃなくてっ……！　んっ、んあっ、いやあ、出るぅ……！」

乳房と裏腹に薄い背中が反り返り、仰向けになって布団に倒れた。

瞬間、想定外のことが起きた。

白いしぶきが小詠の乳首から噴き出したのだ。

健史の白装束や布団に染みを作り、なんとも甘い匂いを漂わせる。

「母乳……？　え、でも小詠ちゃん処女だって……」

「処女です、けど……！　性欲が湧くのといっしょに、母乳のようなものが出るようになったんです……！」

小詠は顔と胸を手で覆って隠していた。ツキワズライによるホルモンの変化だとしたらさぞ困惑したことだろう。

申し訳ないが、男としては燃えるものがあった。

「ちょっと味見してみよう」

「え、それは……んんッ、あっ、タケガミさまっ」

健史は辛抱たまらず乳首にしゃぶりついた。

軽く吸えばサラサラの液体が口腔を打つ。たちまち甘い匂いが口から鼻に抜ける。

香りは良いが味そのものは薄く、喉越しも良い。

なによりコリコリした乳首を舌で転がすのが楽しい。

面白いように小詠が身悶えするのだ。

「んんッ……んぅうッ、あんっ！　あぁ、やだ、やだぁ……！」

嫌よ嫌よもなんとやらと言うが、小詠が健史を押しのける気配はない。肩をつかんではいても、しがみついてくるような力の込め方だ。

彼女もこの快感を求めているなら、遠慮の必要はない。

健史は左乳首を吸いながら、両手で左右の乳房を揉んだ。わざとちゅぱちゅぱ鳴らして、卑猥なことをしているのだと強調する。

「あぁッ、こんなっ、こんなの、知らないっ、知らないぃ……！」

ビクンッ、と小詠の体が強《こわ》ばり、小刻みな震えがつづく。

ちゅ、ちゅ、と細かくついばめば、小さな震えに大きな胴震いが混じる。

「すごく敏感だね、かわいいよ」

「うくっ、はぅうっ……そうやって他の方も惑わせたのですか……」

「素直な感想だよ。小詠ちゃんの反応があんまりにも可愛らしいから、ついね」

痛いところを突かれたが、思ったことを言ったのも事実である。

(これからこの子とセックスするのか)

考えると昂ぶってしまうが、どうにか自分を抑える。いくらツキワズライで感度が上がっていると言っても相手は処女。できれば苦しい思いをしてほしくない。

彼女の反応をよく見て乳房を責めた。

乳首を吸うのと舌で転がすのを同時にしつつ、左右交互にしゃぶりつく。

ちゅばちゅば、ちゅっちゅ、と母乳を飲む。

「あんっ、あんッ、いやっ、ああッ、あーっ……！　いやぁあっ……んーッ！」

また布団のうえで小詠が身悶えた。胸だけでここまでイク女は初めて見た。息が乱れ、肌が熱くなり、幼げな顔にも色気が満ちていく。

そろそろ頃合いだ。

「それじゃあ次は下のほうに行こうと思うけど、だいじょうぶ?」

「……はい、覚悟はできてます」

「まだ本番じゃないからリラックスして」

優しい言葉を使いながらも、手を胸から下ろしていく。腹から袴へ、その袴をゆっくりとまくりあげれば、白足袋から白い細脚がすらりと伸びていた。肉感的だったほかの女たちと違い、清純さを感じさせる造形だった。

そっと撫であげれば思ったよりも柔らかい。細くとも女性の体だった。

とりわけ柔らかいのは、やはり腿。たっぷり肉付いているわけではなく、スリムだがたしかに指が沈みこむ、なおかつ奥から押し返す若々しい弾力もあった。

どこまでも若い肉の奥に、熱いぬかるみが待っていた。

やはり下着はない。まだだれも触れたことのない裂け目は、感涙を流して健史を迎えてくれた。不思議な感動すら覚えながら、表面を軽くノックする。

「んんんッ!」

「こんなに濡らしてくれてるんだね、嬉しいよ」

股ぐらはまだ袴に隠されているが、手で触れただけでよくわかった。股全体が愛液に濡れていて、縦唇がヒクつくたびに液汁が追加される。

裂け目は狭く、縦幅も短い。そもそも股自体が小さく感じた。華奢で小柄なのは秘処まわりもおなじのようだ。

それでいて、溝をすこしなぞっただけで露骨なまでに反応がある。

「あんんッ、あっ、ああッ……！」

面白いぐらい小詠は身悶えしていた。小袖からこぼれた乳房がたっぷんたっぷんと揺れ動くのも目に心地良い。

「オナニーはどんな感じでしてるの？」

「そ、それは、答えなければならないのですか……？」

「儀式に影響が出るからね」

「……指で、してます」

「こんなふうに？」

健史は短い溝をそっと撫でた。ねっとりした愛液の泡が爆《は》ぜてクチュクチュと淫猥な音を立てる。

「んっ、ふっ、ぅあッ……！　そんな感じで、んっ、ああっ」

小詠は顔を逸らしながらも、吐息まじりに声を出した。

溝の上端に責めが集中すると、白足袋に包まれたつま先が布団を掻《か》く。

「そ、そこ、はっ……んッ！　んあぁあッ！」

「ここが気持ちいいんだ？　やっぱりクリトリス敏感なんだね」

「そこ、そこは、いやです……！」

「どうして？　気持ちよさそうなのに」

健史は肉鞘《にくざや》を優しく剝き、胡麻《ごま》粒のような肉豆に触れた。愛液をたっぷりまぶした指の腹でくちゅくちゅとこする。

「んーッ、んあぁあ……！　き、気持ちいいのですか、これは……！　あッ、ああッ、なんだか、こんなの、よくわからなくて……ひんッ！」

「すこし刺激が強すぎるかな？　ゆっくりしてみるから安心してね」

速度を落としてゆっくり愛撫する。豆粒をいたわるように、おねむの赤ん坊を撫でるよりも優しく。

するとと小詠の喘ぎ声がすこし柔らかくなった。

「あぁ……んっ、ぁうっ、ふあぁ……お上手、なのですね」

小詠は逸らした顔から視線だけを送り返してくる。目がこぼれ落ちそうなほど潤んでいて、いつになく色香が漂っていた。

一方、上気した頬は幼子のように愛らしい。

幼さと大人びた部分のギャップがとびきり魅惑的だった。小さな体と大きな胸もそれを象徴している。

「ああっ、あーッ……たけ、し、さん……！」

よがり声がますます鼻にかかってくる。それと同時に、ぎゅっと袖を握ってくる拳がやけに小さく見えた。

色っぽくも可愛らしい少女を見ていると、健史の心がざわめいてくる。

(なんだろう、この感じ)

一刻もはやくセックスをしたい。その一方で、性的な欲求抜きにして思いきり抱きしめたい気持ちもある。大して動いてないというのに心臓が拍動を早くしている。ほかの女性と関係を持っているときにこんな感覚はなかった。

「小詠ちゃん……」

健史は小詠の胸と股をいじりながら、彼女の顔に顔を寄せた。小さな唇に吸い寄せられていく――が、寸前で思いとどまり、額に額を擦りつけるだけで抑える。

「健史さん……？」

「可愛い声をもっと聞かせてくれるかな。そろそろ慣れてきたでしょ？」

誤魔化すように陰核責めをスピードアップした。

「あっ！　あああッ……！　うくっ、あああッ、だめ、だめぇ……！」

悦声は高くなるが、さきほどまでにくらべると緊張している感は薄い。クリトリスの性感に慣れてきたのだろう。

べつの指で膣口を探ってみれば、おびただしい量の蜜がこぼれている。すこし指先を押しつけてみれば、ぬぱりとくわえこまれた。

「はッ……！　あくッ、そ、そこは……！」

「ここもほぐしておこう。俺のがぜんぶ入るようにね」

耳元でささやいて鼓膜をいじめつつ、小詠の脚に腰を擦りつけてやった。膨らみきった剛直は白装束の合間から飛び出している。スベスベの細脚を先走りで汚し、男の存在を意識させるのだ。

「これが……私のなかに……」

ごくり、と小詠はツバを飲む。恐怖でなく昂揚のために。痛みではなくどれほどの快楽が生じるのか想像したのだろう。

「いっぱい気持ちよくしてあげるよ。ただの儀式だけで終わらせるなんてもったいないからね。こんなに可愛い子とセックスできるんだから」

「そんな、可愛くなんてありません……」

「可愛いよ、小詠ちゃんは。さっきからほら、声だってすごく可愛い」

「あっ、いやっ、あぁあっ、健史さんっ……！」

股いじりをさらにテンポアップ。陰核を摩擦し、膣口をすこしずつ押し広げる。快感で拡張の違和感を紛らわせるのだ。上手くすれば異物感と快感を紐付けることができるのではないかと健史は考えていた。

せっかくなのでもう一押し。

「俺のも触ってくれないかな？」

耳元に声を吹きこみつつ、吐息も強めに吐き出す。タケガミさまのフェロモンを彼女に吸わせるためでもあった。

「は、はい、失礼します」

快感で脳がとろけた小詠は、健史の狙いどおりペニスに手を触れた。

「あつ、熱い……すごい、ビクビクって、ああ、いや、すごく太いです……」

「これで小詠ちゃんのおま×こを埋めてあげるから期待しててね。この穴だよ、この穴に挿入してずぼずぼ動くんだよ」

「あっ、はあああッ……！」

指先をすこしずつ深く差し入れながらも、クリ弄《いじ》りを怠《おこた》ることはない。その努力が奏功して、小詠の声には確かな欲情が含まれていた。

「ああんッ、ここに、この太いのが……！　死んじゃいます、私……！」

「死んじゃうぐらい気持ちよくしてあげる」

言って、耳を噛む。

瞬間、彼女の体が強ばり、膣口が激しく蠢いた。入り口をゆっくり広げていた健史の指を飲みこみ、締めつけてくる。

「んっ、んーッ！　んんんーッ……！」

どうやら軽くイッてしまったらしい。声を押し殺そうと下唇を噛んでいるところがなんとも艶めかしい。

「指、入っちゃったね。せっかくだからこのまま広げるよ」

「んーッ！　んひっ、ぃいいッ……！」

指で円を描くと締めつけで強くなる。それでいて膣壁そのものは柔軟になっている感があり、奥へ奥へと入っていく。

指を曲げて、上側の襞粒を擦ってみた。

「あっ！　はあッ……！　そこ、なんだか、ムズムズします……！」

「やっぱりお腹《なか》側が気持ちいいんだね。ここをね、こうするともっと気持ちいいと思うよ。ほら、ほら」

「あっ、やっ、あぁあああッ……！」

肉豆を親指で潰し、腹側の襞粒を中指で圧迫。膣壁越しにクリトリスを挟みこむようにして指を揺らすと、爆ぜんばかりに胴震いが起きた。

「ぁあああああああーッ！」

小詠は今日一番の大声でよがり果てた。

潮まで噴いての強烈な絶頂である。

さらにそこから三回潮を噴かせて、前戯は終了となった。

濡れた布団のうえで小詠は四つん這いになった。

「お許しください、タケガミさま……顔だけは、見られたくないんです」

獣の体勢で番《つが》うことよりも顔を見られることを恥じらう。それも独特の乙女心というものだろうか。冷淡だった彼女の態度の変化がむしろ可愛らしい。

上から見下ろす後ろ姿も、美麗であり愛らしかった。

巫女装束は脱ぎ捨てられ、一糸まとわぬ裸身だった。

白い背中の薄さ、肩の小ささ、脚の細さ。お尻は小ぶりながら丸みを帯びている。

まだ成長しきっていない未熟な体型に見えた。

けれど腋から乳肉の丸みがはみ出すほどの巨乳でもある。

少女の愛らしさと大人の色気を兼ね備えた体に健史の股間がますます怒張した。腰の動きでしならせ、若尻をぴしゃりと叩く。

「だいじょうぶだよ。しっかり気持ちよくしてあげるから」

「ど、どうか、優しく……んッ！」

竿先を股ぐらに擦りつける。さきほどまでは袴で隠されていた部位は、白くてツルツルのパイパンであった。剃り跡もない天然モノだ。秘裂も小陰唇がはみ出していない子どもめいた清純な作り。

その一方で、あふれる愛液はすでに白んでいる。度重なる潮噴き絶頂で完全にメスの穴と化しているのだ。こすりつけると滑りもよくて楽しい。

強めに押しつければ、ピンク色の粘膜にたやすく飲みこまれていく。

「あぅうッ……！　んっ、んぁあぁッ……！」

「さあ、ハメるよ。痛かったら言ってね」

初物の門はわずかな抵抗を見せたが、力をこめればぬぽりと割れた。たっぷりほぐした甲斐あって、ぬぽり、ぬぽりと逸物が埋まっていく。

「あっ、いやっ、うそっ、入ってくる……ッ！」

「ああ、入ってくよ……！　ああ狭い、気持ちいい……！」

コリコリと硬さの残る膣口がまず強烈な気持ちよさだった。内部の肉襞も小粒ながらひとつひとつがすこし硬い。痛みを感じるわけでなく、適度な性感刺激となる絶妙な弾力である。

それらが処女特有の狭さでペニスを締めつけてくるのだ。

気持ちよくて吐息が止まらない。

「くっ、ううぅ……！　おっ、ヤバい……！」

根元まで押しこむと快感がさらに跳ねあがった。全方位に肉粒があるばかりか、最奥の子宮口までコリコリ感で歓迎してくる。

「んあぁあッ……！　ぜんぶ、ぜんぶ埋まってるぅう……はふぅうッ」

小詠も極太に埋めこまれた悦びに荒い息を吐いていた。痛みは感じないようだが、いまの健史にそのことを気遣う余裕はない。

「ちょ、ちょっと待ってくれるかな。小詠ちゃんの中、よすぎ……！」

「そんなに、あんっ、気持ちいいのですか……？」

「うん、ものすごく……！　たぶん名器ってやつだと思う……！」

「そう、ですか……うれしいです……」

小声で言う少女がおそろしく可憐に見えた。

男が女に大きいだの気持ちいいだの言われて喜ぶのは世の常だ。おなじことが女性にも言えることは健史も知っている。長らく無感情に見えていた美少女もおなじだと思えば、がぜん血が沸き立った。

肛門に強く力をこめて、堪《た》え忍ぶ覚悟を決める。

「いっしょに気持ちよくなろうね、小詠ちゃん……！」

ゆっくりと腰を引く。小粒たちがカリ首に引っかかって稲妻のような性感電流が散発する。パチパチ、バチバチ、と海綿体が愉悦に痺れゆく。

「はっ、あっ、ぁあああッ……！　気持ちよくなっちゃうぅうぅッ……！」

小詠も背筋を震わせ感じていた。若尻がクンクンッと跳ね動くせいで肉棒がこねまわされ、双方に不意打ちじみた快感が走る。

ふたりはよがり鳴き、打ち震え、汗を流した。

抽送は徐々にペースをあげていく。気持ちよくなればなるほど貪欲になっていく。健史はその先のさらなる快感を知っているのだ。

けれど、初体験の小詠はなにも知らない。処女喪失すら入念な準備によって出血なしに愉《たの》しめてしまっている。いきなり強烈な性感によがらされ、混乱すらきたしている様子だった。

「なにこれっ、アアッ、うそうそっ、嘘ですこんなのッ……！　オナニーでもすごかったのに、いやっ、信じられないっ、ああぁあッ、ダメっ、ダメぇぇッ……！」

本人は困惑しつつも腰尻は悶えてさらなる愉悦を求めていた。

無垢《むく》な少女が快楽に染まっていく。

そんな背徳感に身震いしながらも、健史は腰を前後させる。

(年下の子を後ろから犯して、なんだか犯罪じみてて……燃える！)

後ろ姿で乳房が見えにくいと若さがさらに強調される。

後ろから細腰をつかんでいるだけで、そのか細さを感じて興奮した。

「儀式きもちいいね、小詠ちゃん？」

「あんっ、ああッ、恥ずかしいですっ、いやですッ、いやっ、いやあっ……！」

「なにが嫌なの？　さっきから愛液が洪水みたいに垂れ流しなところ？」

「ううぅ、ごめんなさいっ、ごめんなさいぃ……！」

白濁した雌汁は大量に横溢《おういつ》してふたりの脚を濡らしていた。

「神さまを汚すなんて悪い子には、もっとお仕置きだ！」

強く突いた。子宮口をごちゅりと潰す。

「ひぃんッ！」

小詠は布団のシーツをつかんで背筋を反らした。

子宮口を徹底的に連打すれば、反りっぱなしでよがり狂う。

「ひぃっ！　ひああッ！　あーッ！　あぁぁあッ！」

「初めてなのに奥こんなに感じるなんて、すっごいスケベな女の子だね！」

「違うっ、違うんですっ……！　これはぜんぶツキワズライの、おひッ、ぁあああああッ、奥やめてっ、許してくださいぃ……！」

健史も無意味に彼女を責めているわけではない。攻撃的に責めるほうが絶頂を抑《おさ》えやすいのだ。油断するとすぐ達してしまうほど彼女の中は気持ちいい。

初体験の年下より先にイッてしまう事態だけは避けたかった。

なので健史はさらなる攻勢に出ることにした。

「ちょっと体を起こそうか」

「えっ……？」

小詠の肩をつかんで、ぐっと引き起こす。

彼女がやや前傾《ぜんけい》気味の膝立ちになったところで、後ろから突いた。

「ひんんっ！　あうっ！　んぁああッ……！　こ、この体勢は、ひッ、あああッ、なんだか、なんだか、あぁあああッ……！」

「ロールスロイスって言うらしいよ。いいところに当たるでしょ？」

「当たっ、あッ、あーッ！　ぁあんッ、ダメぇえ……！」

女性がロールスロイスのエンブレムに似た体勢になることから付けられたネーミングである。桜子いわく、必殺の体位だとか。

挿入角度の変化により、Ｇスポットから子宮口までをスムーズに狙える。

ただ無心で突くだけで簡単によがらせられる。

「あーっ！　あーッ！　あぁぁああ……あひッ、ぁあーッ！」

小詠の声はどんどん鼻にかかっていく。体格差のせいもあってポニーテールの揺れる様が健史にはよく見えた。猫じゃらしを追いかける猫の気分で、健史はそのにおいを嗅いだ。

爽やかなシャンプーの香りがする。

香水や熟女の濃厚な体臭とは違う、若々しい香りだった。

「小詠ちゃん、もっとよがって……！　もっと、もっと感じるんだ……！」

まだ足りない。もっと染めあげたい。

突くだけでなく、腋から手を差しこんで胸を揉んだ。さきほどより強く握力をこめて変形させる。乳首もねじるようにしていじめる。

「あひッ！　あッ、あおッ！　おっ、おぉんッ……！」

小詠の声がひどく歪み、苦しげなほどのうめきが混じる。それでも痛みはないはずだ。秘処から漏れる本気汁は失禁と見間違うばかりである。数回の絶頂と挿入の快感で性感神経が痛覚を凌駕しているだろう。

もっともっと虐めて、M《マゾ》の沼に堕とすことも難しくはない。

——けれど。

「かわいいよ、小詠ちゃん……！」

いとおしむような声が出てしまう。

「ああっ、健史さんっ、んおッ、おんッ！　健史さぁんっ……！」

愛らしくもひしゃげた声で名前を呼ばれると心が昂ぶった。

年下の少女に夢中になっていた。

襞肉の粒立った小穴まで可愛らしいと思う。震えながら男根にすがりつくところがますます可愛い。乱暴にされても大量の蜜汁で応じるのがたまらなく可愛い。

「好きだよ、小詠ちゃん」

思いあまって耳元で囁けば、小詠の体が猛烈な勢いで反り返った。

「ぁあああッ！　おッ、おあっ、あはぁあああああッ……！」

突然のオルガスムスに、彼女の白い肌から汗が噴き出した。

ピュピュッと乳首から母乳が吹き出す。

膣内も激しく窄まってペニスを咀嚼していた。子宮口はちゅっちゅと亀頭を吸う。

おびただしい量のヨダレがぶぴりぶぴりと結合部からあふれ出す。

「くっ、気持ちいいッ、小詠ちゃん……！　小詠ちゃん、小詠ちゃんッ！」

健史は止まらなかった。

それどころか、腰遣いを加速させてイキ震える若壺をえぐりまわす。

ゴチュゴチュと最奥を突き潰す。

小詠は快楽の頂点から下ろしてもらえず、悲鳴じみた嬌声をあげていた。

「健史さんっ、健史さんッ！　あぉおおッ！　ぁあああッ！」

狂おしく名を呼ばれて、健史の心は溶け落ちていく。感動的なまでに胸が弾んでいた。同期して海綿体が脈動し、沸々と陰嚢《いんのう》が情愛のエキスを増産する。

バチッと強烈な電流が股ぐらを焼きつくした。

「出るよ……！　小詠ちゃんッ！」

「出してっ、ぉあああッ、出してくださいッ、受け止めますっ……！」

全身全霊を賭けて、健史は腰を突き出した。

粒々の隘路をかき分け、コリコリした奥口を押し潰した瞬間、男根が爆発した。

脳みそまで破裂したような衝撃的絶頂だった。

「健史さん健史さんッ、ぁあああぁああぁああーッ！」

トドメの一撃で小詠もさらなる高みに達していた。母乳をさらに噴き出すばかりか細腰ごと膣内を痙攣させ、肉棒をぎゅむぎゅむと搾りあげる。

おかげで際限ないと思えるほど射精できた。結合部からあふれ出せば股と布団を白くつなぐほど粘っこい精液である。

子宮内にへばりつくと二度と取れないかもしれない。

腕のなかで震える彼女が、いとおしくてたまらなかった。

清純無垢だった彼女の一番大事な部分にしっかりマーキングしたいと思う。

「あぁ、健史さん……！　私、おかしくなってしまいました……！」

「まだまだよ……これから秘湯に行ってからが本番だ」

腰をよじって己の出した精液をかきまわす。

その刺激に小詠は顎をあげて歓喜の吐息を漏らした。

「はぁん……わかり、ました。タケガミさまの仰るとおりに……」

名前呼びでなく神さま扱い。

それがなぜだか悔しくて、健史の頭に血が登った。


タケガミの秘湯へは嶽神神社からも道がつながっていた。

神社はちょうど山木邸と秘湯を挟んで正反対の位置にあるのだ。

ふたりは着物を一枚羽織って神社を出た。小詠の足下は快感の余韻でおぼつかないので、恋人同士のように腕を組んで秘密の道を進む。

その体勢にも男心をくすぐられ、ずっと昂ぶっていた。

温泉につくなりマット上で彼女を抱いた。まだ顔を見られるのを恥ずかしがっていたので、やはり後背位。三回イカせて、一回射精。

「健史さん、こんなに上手だったのですね……」

小詠はマットに突っ伏し、息も絶え絶えに感嘆した。胸からは散々噴き出した母乳がマットを汚している。

「……みなさまが群がっていたのも、すこしわかるかもしれません」

「最初から慣れてたわけじゃないけどね。無理やり慣れさせられてしまったというか、気がつくとこうなってたよ」

健史は動けない彼女の体をシャワーで流してやった。もちろん自分の体も流す。まだ秘湯に浸かる本番が待っているのだ。

「いろんな方と、もっといろんなことをしていたんですよね……」

「まあ、ね。それはまあ、うん、してたよ」

「私も……いろいろしたほうが良いのでしょうか」

無理しなくてもいい、と良識ぶりたい気持ちは健史にもあったのだが。

「じゃあしてもらおうかな」

ついつい欲望が先走ってしまった。

結果。

健史は秘湯のど真ん中に仁王立ちになってフェラチオを受けることになった。

「れう……れろ、れろ、れろ」

小詠は深めの膝立ちで亀頭をなめている。なにぶん初めてのことなので、舌遣いもひどく拙《つたな》い。いままでの人妻たちとは比べものにもならなかった。

けれども、今はその拙さがいとおしい。

（そういえば……今までは人妻とばっかりエッチしてたっけ）

どれだけ体を重ねても、結局彼女らは違うだれかの物でしかない。どれだけ快楽に溺れさせようとも一時の関係でしかないのだ。

けれど、小詠は違う。

処女であり、恋人もいない。だれのものでもない。

「健史さん……」

上目遣いの顔は柔らかい。笑みは浮かべておらず、むしろ切なげな表情だが、無表情だったころとは比べものにならない。健史に対する感情がありありと窺える。

「あまり気持ちよくない、でしょうか……」

「ううん、そんなことないよ。気持ちいいし、すごく嬉しいよ。小詠ちゃんが自分からこういうことしてくれて」

「でも、あまり上手にできている気がしなくて……」

小詠はうつむいて嘆息した。

おもむろに、あ、と声をあげてなにかに気付く。

「胸、使ってみるのはどうでしょうか」

「胸？」

彼女は膝の角度を開いて体を持ちあげ、豊かな乳肉を手で開いた。

「こういうふうに……挟んでみるんです」

ぱちゅ、と水音を立てて男根を挟みこむ。

「それで、こうして、マッサージみたいにしたら気持ちよくなれるのかなと……」

両手で自分の乳房を強く揉みこむことで、内側の肉棒も圧迫する。彼女の唾液と汗と温泉の湯で潤滑《じゅんかつ》は充分なので、すぐに喜悦が湧き出した。

「お、おお……！　パイズリかあ……！」

「ぱい、ずり、というのですか……？　やっぱり他のひとも……？」

少女の顔はやけに不安げに見える。

健史は彼女の耳と頬を撫でて優しくほほ笑んでやった。

「はじめてだよ……多少大きいぐらいだと上手くできないからね、これは」

「そうですか……そうなんだ……じゃあ、がんばります」

小詠の表情が如実《にょじつ》に輝いた。手つきも大胆になり、ただ揉むだけでなく上下に揺らす動きも加わる。

たっぷん、たっぷん、と重みたっぷりに躍動する双肉。

中央で擦りまわされて快感に震える剛直。

「はあ……気持ちいい……」

健史は湯気にまみれて吐息を漏らす。たっぷりの肉量に埋もれて、肉圧で愛撫される悦び。いままでのどんな性戯とも違う刺激だった。

胸のすぐ近くに彼女の顔があるのもいい。

幼子のように愛らしく、額に汗するほど一所懸命で――健史がよがるたび、上目遣いに見あげてほのかに目を細める。

「小詠ちゃんってこんなに表情豊かだったんだね」

一般的な少女にくらべれば些細な違いかもしれない。だがたしかに感情の変化は読み取れるし、その慎ましさも好ましかった。

「表情……ですか。でも、ええ、そういえば。顔がよく動いてる気がします……私、初潮がきたころから、なんだか表情が欠けていったみたいで」

「それってもしかして、軽度のツキワズライ？」

「たぶん……でも、健史さんが気持ちよくなってくれると、いまはなんだかとても嬉しくて……一喜一憂してるかもしれません」

ぎゅうう、と乳肉を左右から押し潰してくる。強烈な圧迫感に健史がうめくと、彼女は口角をわずかにあげた。

「おち×ちんって不思議ですね……さっきはあんなにたくましくて、絶対に逆らえない気分にさせられて、本物の神さまみたいだったのに……今はこんなに可愛らしくビクビク震えています」

愛らしい童顔が色気をまとうと、背筋に鳥肌が立つほど官能的だった。

健史の昂揚を受けて海綿体が肥え太る。当然、感度もあがる。乳内のぬめつきと豊かな肉量でますます快感が膨らみ、ペニスどころか腰が震えだした。

「もしかして……出ます？」

「ああ……もうガマンできないよ」

本当はまだ忍耐の余地はあるが、いまは素直に屈しておきたい。子どものように目を輝やかせている小詠を落胆させたくなかった。

「出してください……健史さん、出して。いっぱい出して……！」

乳肉が荒ぶる。付け根が痛みそうなほど激しく上下している。シンプルに男根が悦ぶ方法を彼女はすでに理解しているらしい。上目遣いに顔色を窺《うかが》い、表情の変化をつぶさに見てきたからだろう。

性戯にも真摯《しんし》な態度に応えるべく、健史は快楽の炎を解放した。

「出るッ」

灼熱が尿道を焼きつくし、爆発的な喜悦とともに飛び出した。

びゅるる、びゅるる、と粘り気が乳間を埋めつくす。

「あっ、あっ、すごいっ、またいっぱい……！　こぼれてしまいます……！」

タケガミさまとなった健史の液量は常軌を逸している。このままでは湯にこぼれ落ちてしまうだろう。

小詠はすこし逡巡《しゅんじゅん》してから、たわわな双乳の接着面に口を寄せた。

彼女の意図《いと》を察して健史が腰を持ちあげる。

乳間から飛び出した亀頭が桜色の唇にくわえられた。もちろん飛び出す精液は少女の口腔を穢していく。

「んぢゅっ、ぢゅるるっ、ぢゅうぅぅうぅっ」

いささか下品な水音で濁液がすすり取られていく。男汁特有の苦味と粘り気に眉をしかめながら、彼女は口を離そうとしない。間もなく口が満杯になると、大きく喉を鳴らした。

「んぐっ、んくっ、ごくっ、ごくっ……」

「ありがとう、飲んでくれて……嬉しいよ、小詠ちゃん」

ひとしきり白濁を放ち終えたのち、健史は優しく彼女の頬を撫でた。心の底からの本音である。

健史はすっかり年下少女の献身に参っていた。

双方ともに体がしっかり温まると、湯からあがって情熱的に抱きあった。

マットにあぐらを掻いた健史のうえに小詠が座る、対面座位の体勢。

「あっ、ああっ、ダメっ、顔、見ないで……！」

相変わらず喜悦にゆるんだ顔を見られたくないらしい。

健史は構うことなく突きあげ、彼女の表情の変化を観察した。

「はひっ、あひッ、あぁああッ……いやいや、健史さん、いやあぁ……！」

目には涙が溜まり、口は阿呆《あほう》のように半開き。セックス中に女が快楽に呆けるのは男にとって勲章のような達成感だ。

ヨダレを拭《ぬぐ》う余裕もなさそうなので、健史はぺろりとなめとった。

「あっ……！」

とびきり大きく股上の女体が弾む。

顎をなめるとまた弾む。

舌を這わせていくと、唇のまわりで露骨に反応が大きくなる。

「キスしようか」

言って、思い出す。

考えてみると、人妻たちとはキスをしたことがない。

「セックスは経験あるけど、キスは初めてなんだ」

その一言で恥じらいに目を逸らしていた小詠が健史を見つめてきた。

「キス、したい……！　健史さんの初めて、ほしい……！」

「うん、しよう。目を閉じて」

とびきり潤んで熱を孕《はら》んだ少女の両目が閉ざされた。ほんのりと唇が尖る。

健史はしっかり彼女の口の位置を視認して、そっと唇を重ねた。

「んっ……」

小詠のかすかな吐息が耳に心地良い。不思議なときめきが胸に満ちる。

これまでの行為に比べると幼稚な接触なのに、胸が高鳴って止まらない。

清々しい青春の味は、生々しい交合の快感を何倍にもする。

「小詠ちゃん……！」

「健史さん……！　健史さん……！」

ちゅ、ちゅ、と何度も唇を重ね、優しく吸う。

子どものようなキスをしながら、ふたりの腰遣いは加速する。

くちゅりと水音が鳴った。小詠から舌を差し込んできたのだ。健史も舌で応じる。

ゆっくりと味覚器官を絡めあう。自然と水音が大きくなっていった。

「くちゅっ、ちゅっ、ちゅくっ、ぢゅるるっ、ぺちゅっ」

どんどん舌の動きが派手になるが、それでも小詠の舌そのものは小さい。小さいからこそ激しく動いて健史のすべてを味わおうとしている。

貪欲で健気《けなげ》なキスに酔いしれ、健史はまた限界に達しようとしていた。

「小詠ちゃん、また出していいよね……！」

いとおしさをこめて強く抱きしめた。

「もっとキスしてくれるなら……どうぞ」

負けじと小詠も抱きかえしてくる。

ふたりは身を躍らせた。

舌を繰り唾液をすすりあった。

「ちゅむっ、ぐちゅぐちゅっ、れろぉ……ぢゅるっ、ぢゅるぢゅるっ！」

もはやどちらの口が鳴らす音かもわからない。

あるいは下の結合部が鳴らす音まで混ざっているかもしれない。

(キスってこんなに気持ちいいのか……！)

制御しきれない。健史はあっさりと自分が決壊するのを感じた。悔しくはない。膣内の痙攣からしてタイミングはおなじ。なら最高に嬉しいぐらいだ。

「イクッ……！　イクよ、小詠ちゃん！」

「私もっ、私もイクッ、イクッ、イクぅうぅううぅーッ！」

ふたりは絶頂の時を分かちあった。

柔乳が平べったく潰れるほど強く抱きあい、舌で唾液を交えながら。

オルガスムスは延々とつづく。今度ばかりは健史も自分を抑えず、マットいっぱいに精液が漏れ広がるほど射精しつづけた。

それから、事後。

ふたりは体を清め、あらためて湯に浸かった。

性欲を解消しきって清々しい気分――と思いきや。

小詠はまた目を逸らしてもじもじしている。

「心なしか……ツキワズライがひどくなった気がします」

「そうなの？」

「なんだか、さきほどから、胸がどきどきして止まらないんです……健史さんのお声を聞いたり、顔を見たりすると……あ、ダメかも。おかしいかも」

頬が赤く染まっているのは温泉で体温があがっているためか、それとも。

今までとは違う期待感が健史の気分をむずがゆくした。

第五章　母巫女の爆乳責め

健史が嶽神神社の境内《けいだい》に入ると、小詠が小走りに駆け寄ってきた。

「いらっしゃいませ、今日はどのようなご用件で？」

表情に大きな変化はなく、相変わらず口元には愛想笑いひとつ浮かんでいない。が、以前とは印象が大きく違う。

眉の角度が浅く、リラックスした雰囲気があるのだ。

健史も和らいだ表情で小詠と見つめあう。

「小詠ちゃんに会いにきたんだよ。お仕事の最中だった？」

「留守番です。母が出かけていますので。だれが来るわけでもないから問題ありませんよ、健史にいさん」

などと言いながら、さりげなく健史の手を取る。両手でさすって揉みまわしたかと思えば、持ちあげて頬ずりまでしてきた。

「小詠ちゃん、どうしたの？」

「どう、とは？」

「いや、手が……」

「はい？　なんですか、にいさん」

自分の行為がさも当然のことであるかのように小首をかしげる。その仕草も小動物のように可愛いので、かえって健史は困った。

(好かれてる……ってことで、いいのかな？)

癒やしの儀式をしてから、顔を合わせるたびにこんな調子である。呼び方もいつの間にかにいさんになっていた。懐《なつ》いてくれているのだろうし、それを求めて会いにきているのだが。

正直よくわからない。

いまだに自分は異性との距離感を理解できていないと痛感する。

女性と一切縁がない人生から、突然セックスまみれの大変化である。その中間と言うべき状況にいまだ慣れていない。

でも、まあ、と開きなおった。

「だれもいないなら、すこしいいかな」

小詠を抱きよせて、頭と背中を撫でる。

「はい……どうぞ」

彼女はつま先立って顔をあげてきた。眉が八の字になり、頬がほんのり上気する。

中学生のように初々しい態度に健史の胸が早鐘を打つ。

ふたりはごく浅いキスをした。

唇をほんのり押しつけあい、すぐに顔を離す。

「……ふふ」

小詠が小さく笑った気がしたが、口の端は上がっていない。

「参道でこういうことは控えるべきでしょうね」

「ああ、そういえばど真ん中だね」

ふたりは神社の中央を通る道で抱きあっていた。

「こちらへ」

小詠に手を引かれ、社務所の裏にまわる。

そこであらためて抱きあい、口づけをした。身長差が大きいので、健史は背を丸め、小詠は背伸びをして距離を縮める。

ちゅっちゅ、ちゅっちゅ、とくり返すうちに、ますます深く求めあった。

唇が交差し、舌が絡みあった。

「んちゅっ、ちゅるっ……じゅくッ、じゅるるッ、ぢゅぱッ」

静謐《せいひつ》な境内を穢《けが》すような音にまた興奮が募る。たがいの背をかきむしるように求めあい、唾液をすすって嚥下した。

たっぷり愉しんで口を離せば、唾液が糸を引いてふたりを繋《つな》ぐ。

「……健史にいさん、勃起してます」

小詠はズボンの膨らみを指でなぞった。その些細な刺激に健史の腰が震える。

「そりゃあ小詠ちゃんとこんなエッチなキスしてたら勃つものも勃つよ」

「こういうことをしたら勃つのですか？」

またキスがはじまった。

今度は小詠が健史の舌を吸い出し、フェラチオのようになめまわす。

「どうれしゅか、ぼっきひましゅか？」

勃起しないはずがない。淫猥なベーゼにくわえて股間を握ってくるのだ。ズボン越しにぎゅむぎゅむとマッサージし、充血を促している。見た目の若々しさや清純さとは裏腹に、すっかり淫婦の手管と言っていい。

「んむっ、れろれろれろぉ……ぷはっ。にいさんのココ、もう完全にガチガチで収まらなくなってますね。私のせいで……」

「俺が勝手に興奮してるだけだから、べつに小詠ちゃんのせいじゃ……」

健史が取りつくろうと、小詠は半眼で睨みつけてきた。

「私のせいです。それとも私個人には勃起するほどの魅力がないと？」

「いや、小詠ちゃんがエッチなせいで勃起しました。隠して申し訳ございません」

「では責任を取ります」

小詠はその場で膝をついた。

健史の股間を鼻の先でツンと突き、スンと嗅ぐ。

「はあ……にいさんのニオイがします」

何度も嗅ぎ、頬ずりまでするにつれ、目がとろりと潤んでいく。利発な声まで呆けて、すっかりメスの顔になっていた。

ズボンのファスナーを下ろす手つきも慣れたものだ。

ペニスを引きずり出すのもお手の物。

雄々しくそそり立つ赤銅色《しゃくどういろ》をうっとり見あげ、恭《うやうや》しげに手を添える。

「大きくさせてしまって申し訳ございません、タケガミさま」

ぷっくり膨らんだ尿管部の根元に吸いつく。キスマークをつけ、すこし上にずれてまたキスをする。ちゅ、ちゅ、ちゅ、と吸いながら上昇し、裏筋にたどりつくと唇を被《かぶ》せて舌でいじりだした。むずがゆい刺激に健史の脚が震える。

「ああ、小詠ちゃん、気持ちいい……！」

「ご奉仕のし甲斐があります……タケガミさま」

小詠は亀頭にかぶりついた。カリ首を唇で密閉して、唾液たっぷりになめまわす。全体を軽くひとなめすると、その勢いでエラの部分をすこし強めになぞった。敏感な部分への刺激に健史の腰がわななくと、執拗に何度も追撃する。

「んぢゅっ、ぢゅるるッ、ぐじゅぢゅぅぅッ」

「あーすごいっ、精子登ってきた……！」

小詠らしくどこまでも丁寧な舌遣いで性感が高まっていく。健史が気持ちよくなればなるほど、彼女の顔も赤くなった。神に仕える巫女ゆえの奉仕精神か、純粋に異性への思いやりなのかはわからない。

ただ、彼女の愛しげな目を見ていると、献身に応えたいと思えてくる。

「うっ、小詠ちゃんっ、イクッ……！」

「んーッ……！　んぐっ、ぐっ、ふぅ、ふぅ……！」

健史の放った絶頂の証を小詠はしっかり飲み下す。はじめて飲んだときと変わらず一滴も残そうとしない。

射精が終わっても尿道に残った分をしっかり吸い取る。

「んぅう……ごちそうさまでした」

満足げに細めた目が愛おしくて、健史はさらに奮《ふる》い立《た》った。いつもどおり逸物は勃起したまま雄々しく脈打っている。

もちろん我慢できるはずもない。

健史は小詠を立たせ、社務所に手をつかせると、緋袴をまくって後ろから貫いた。

「あっ、あうぅ……んっ！」

さすがに外なので小詠は袖を噛んで声を抑えている。かと言って嫌がるわけでもなく、自分から腰をよじらせ求めていた。

「だいじょうぶ、ゆっくり動いてあげるから」

健史はゆるやかなテンポで前後に抽送をくり返す。相手を気遣っているだけでなく、自分にとっても少々動きにくいからだ。

立ちバックは体格差が如実に反映される。小詠は背が低いので必然的に尻も低くなるのだ。健史はガニ股で高さを合わせなければならない。それでも小詠の愛らしさを実感できるという一点で大いに興奮していた。

「ふぅ、ふぅ、ふぅ」

「んッ、んっ、んーッ！」

呼吸をあわせて腰を振り、着実に快感を高めていく。

ゆっくり動いても愛液が飛び散り、まくりあげた緋袴の裏地に染みができた。

細脚を伝って白足袋も濡れていた。

「気持ちいい？」

上体を倒して小詠の耳元でささやくと、彼女は無言で三回首肯した。

はむ、と耳を噛めば、首筋に鳥肌が立つ。

「んぅうーッ……！　んぐっ、ふっ、ふーッ！」

「がんばって。声ガマンして。参拝にきたひとに聞かれちゃうからね」

どうせだれも来ないけれど、羞恥心を煽《あお》るには仮定で充分だ。小詠もずいぶんと淫戯に慣れてきたが、第三者に見られることまでは免疫《めんえき》がない。

「いつも慎ましくて愛想のない小詠ちゃんがエロ女になってるってバレたら、村じゅうきっと大騒ぎだよ。こんな風に突かれて、こんなに可愛くよがってるなんてさ」

「んーッ！　んぅうっ、んーッ、んひッ……！」

「あーあー、マン汁がボタボタ落ちてる。音、聞こえちゃうよ？」

意地悪をしてやると大粒の愛液が地面を打つ。肉壺の滑りもよくなり、肉棒の動きもすこしずつ加速していく。

垂れ落ちるのは愛液だけでなく汗もおなじだった。

心地よい体液にまみれながら、ふたりは腰遣いと同期して高まっていく。

「んうッ！　んぁッ！　も、もう、無理です……！」

「俺もそろそろっ……！　イクよ、中にいっぱい出すからね……！」

「くださいっ、にいさんの精子っ……！」

小詠の小穴が小気味良くよじれた。

同時に健史が思いきり腰を突き出し、小さなお尻を下腹でパンッと打つ。

ふたりの性感が爆ぜた。

「んぅうううぅうううぅううーッ……！」

少女の嬌声が抑えきれずに青空を衝《つ》く。艶めきながらも涼やかな声だった。

びゅるりびゅるりと射精しながら、健史は天を仰ぎ見る。

(秋だなあ)

残暑も引いてすごしやすい季節だった。青姦向きと言ってもいい。絶頂に噴き出る汗はそよ風を受けて爽やかな冷感に変わる。

「にいさん……今日も精液いっぱいで、うれしいです……」

「小詠ちゃんも粒々おま×こイキまくりで、ち×ぽ締めつけてくれてありがとう」

彼女が肩越しに振り向いてきたので、健史も顔を近づけてキスをした。唇を深く重ねるのは難しいので、口外で舌と舌を絡めあう。

射精後の気だるい気分で交わすキスほど心温まるものはない。

冬場になってもこんな関係が続けばいいと健史はしみじみと感じ入った。

遠くに美月の声が聞こえなければもっと安心できたのだが。

「小詠、どこにいるの？　掃き掃除、まだ終わってないでしょう？」

事後の余韻を愉しむふたりは、顔を見あわせて苦笑した。

そこでふと気付く。

小詠と笑みを交わすのは初めてのことではないか、と。


健史は正座で美月の説教を受けた。

「境内での行為は内舞殿に限ります。よろしいですか？」

「はい、ごめんなさい。以降、気を付けます」

宮代家の客間の畳に額を擦りつけて謝罪した。

近ごろは藤乃より美月に気後《きおく》れしがちである。怒りを露わにする藤乃と違って、表面上たおやかに振る舞うのが恐ろしい。

さいわいこの場に小詠はいないので、情けない姿を見られることもない。彼女は真っ先にお叱りを受けて掃き掃除に勤《いそし》んでいる。

「基本は秘湯、内舞殿。野外は論外。家屋であれば住人の迷惑にならないよう留意して。相手はツキワズライの者に限ります。よろしいですか？」

「重ね重ねほんとうに申し訳ございません。今回の件は娘さんに責任はなく私の責任ですので、なにとぞ娘さんにはご容赦を」

「いえ、娘も現行法では成人年齢ですので。合意のうえの行為であれば責任も半々でしょう。今年成人になったばかりとはいえ大人です」

心なしか言外の圧が強い。

脂汗が健史の額に浮く。

「ともあれ、ご理解いただけてなによりです。さあ、お茶をどうぞ」

「あ、はい、いただきます」

盆に載せた湯飲みを差し出す美月からは、心なしか圧が消えていた。健史は安堵して緑茶を受け取り、一口飲んだ。セックス後の水分を取っていなかったので熱いお茶が染み渡る。ほっと一息ついた。

「実は次の儀式相手について相談があります」

「またツキワズライの方が出たんですか」

自分でも意外なことだが、あまり乗り気でない声が出た。

儀式そのものは楽しい。セックスが嫌いなわけがないし、村の女性はヒトキタケのせいか容姿が若々しく整っている。役得である。

(でも)

頭に浮かぶのは小詠だった。

彼女以外との行為を想像すると妙な違和感がある。

「今回はすこし変わり種と申しますか、状況が違うと申しますか」

珍しく美月の歯切れが悪い。

「と言うと……？」

「どこから説明しましょうか……まず、私がなぜツキワズライの女性を判別できるかという話になるのですが」

想定外のところに話が飛んだ。

とりあえず健史はお茶をすすり、小さくうなずいて話を促す。

「宮代神社には秘薬があるんです。ヒトキタケを乾燥させ、ほかの漢方と混ぜ合わせたものが。これを飲みつづけているとある種の感覚が鋭敏になるのです」

「その感覚でほかの女性のツキワズライを感じ取る、と？」

「そういうことです」

美月は深くうなずいた。

「ただ……この状態そのものが微弱なツキワズライでして」

ふと健史は気付いた。

美月がしきりに正座した両脚をもぞもぞと動かしていることに。

股のあたりがむずがゆいとでも言うように。

「タケガミさまになった男性の近くにいると、やはりツキワズライが重篤化《じゅうとくか》してしまうようです。かえって他の方のツキワズライを感じにくいぐらいで」

「それは困ったものですが……もしかして、次の儀式相手って」

健史の脳裏にまた小詠の姿がよぎった。

「はい……次は私のお相手をお願いいたします、タケガミさま」

美月は恭しげに頭を下げた。

拒む理由は健史にない。タケガミさまでいることが嶽神村にいる条件のようなものである。儀式をしないのであれば自宅に戻るしかない。
(でも、本当にいいのかな)
やはり小詠のことが気になる。
はたして彼女の母親を抱いていいのか？
股間はすでに硬くなって準備万端だが、頭には幾ばくかの理性が残っている。
美月の尻が切なげに震えるのを見るや、なけなしの理性も消え去るのだが。
「わかりました。儀式を執り行います」
平静を装って威厳を出そうとするが、あまり似合わない自覚はあった。

儀式は翌日の夜、秘湯で行われる運びとなった。
健史がやってくると、すでに美月は濡れた体に肌襦袢《はだじゅばん》を着て待っていた。
「すでに身は清めています。どうぞ、いつでも儀式をはじめてください」
横にマットも敷いて準備万端である。
無駄な愛撫もなく交合を済ませて終わらせる気が透けて見えた。
(たしかに、儀式ならさっさと終わらせるのが一番だよな)
と、思いはするものの。

たおやかな笑みはなりを潜め、戸惑いと興奮を宿した面持ちとなっていた。

長い髪の色は艶めく黒。

それだけでひどく色っぽいのだが、体が輪を掛けてすさまじい。

灯籠《とうろう》の光に照らされて、肌に張りついた濡れ襦袢が火照った色を透かしている。

胸の膨らみがよくわかった。

恐ろしく大きい。

実りに実った熟果実は娘に輪をかけて大ボリュームである。

美月自身の体格は女性として平均的だろうか。背丈も肩幅も普通だが、尻腿も熟女らしくむっちりしていた。そこにきて特大のバストが力尽くで色気を振りまいている。

性欲豊かな若い男が抗えるスタイルではない。

(小詠ちゃん、ごめん)

脳内で謝りながらも、健史は踏み出した。

彼女の母親を抱くために一歩、一歩と近づいて、美月の背後でマットを引き寄せ、そのうえに腰を下ろす。

「じゃあまずは愛撫からはじめましょう」

「いえ、そのようにお手を煩《わずら》わせるつもりはありません。儀式に必要なのは性器での交わりですので、前戯はとくには……」

「こうしたほうが本番もスムーズに行くんですよ」

健史は鼻息も荒く、後ろから彼女の乳房に触れた。

「ひうッ！」

高い声が弾けたかと思えば、美月は慌てて口を手で塞《ふさ》ぐ。ツキワズライで高まった性欲を無理やり抑えているのだろう。それがか弱い抵抗であることは、これまでの経験で健史はよく知っていた。

「まずはこの大きなオッパイから……揉みます」

「そ、そこはっ、ああっ……！」

乳房を下から持ちあげれば、手の平が押し負けそうなほど重たい。しかも柔らかいうえに濡れているため、すぐに手からこぼれそうになる。付け加えると、美月がしきりに背をよじらせるのも乳房を揺らして危うい。

「ああっ……んっ、んーッ、こんなことはっ、必要ないのに……！」

「気持ちよくなったほうが楽しいでしょう？　儀式は愉しんじゃいけないなんてルールはありませんよね？」

「ありませんが……あんッ！　くんんッ……！」

両手で左右の球肉全体を撫でまわす。ただ表面をさすっているだけのつもりが、すこし力を入れただけで沈み、弾いて、ぷにりぷにりと柔らかみを感じた。

おまけに美月も感じやすいようで声が高い。

鼻にかかった声でアンアンとよがってくれる。

だれだって楽しくなって愛撫する手が止まらなくなるだろう。

「ほら、こうやって乳首をかすめると、みんな悦ぶんですよ」

乳肉を揉みながらも、手指を執拗に乳首にぶつけていく。

「ああッ、あぁああッ……！　あーッ……！」

刺激を受けるたび突端が太り、襦袢を露骨に押しあげた。苺《いちご》のように明るかった娘の乳首と違い、黒みが沈着し赤茶けた色をしている。そしてサイズは親指に及びそうな特大。乳輪もこんもり膨れて大きい。乳房が類《たぐ》い希《まれ》なボリュームなので、先端部もそれなりのサイズが必要なのだろう。

「すっごいスケベな乳首ですね」

耳元でささやけば、美月が下唇を噛む。それでも声は隠せなかった。

「ぅうんッ……！　んっ、んーッ！　んぅうッ！」

「声をガマンするところ、娘さんとそっくりです」

小詠の名前を出した瞬間、すこし胸が痛んだ。

同時にひどく胸が弾んだ。

(俺、小詠ちゃんのお母さんとエッチするのか……!)

年齢が近い女性の母親であれば守備範囲外の年増である。が、そこはやはり嶽神村。ヒトキタケのアンチエイジング作用で、美月の容姿は三十路《みそじ》手前の若々しさだ。健史から見ても十二分に魅力的であり、性的興味も持ってしまう。

そこに独特の罪悪感が加わると、なおのこと興奮が高まった。

(人妻のみんなが浮気して興奮するのとおなじかな)

納得しながら、美月の豊乳を揉みしだく。

乳首をコリコリと折り、しごく。

「んあッ、あんんんッ……!」

「この乳首も大きくて感度がよくてスケベすぎですよ。普段は服の裏地で擦れて気持ちよくなったりしないんですか?」

健史の問いかけに美月は答えない。

ただ、乳首を強くねじると顎を跳ねあげてうめき声をあげる。

「んぉおおッ……! ぉんんんんんんーッ……」

腰の震えの小ささからしておそらく絶頂には達していない。むしろ絶頂を必死に押し殺しているといったところか。堪えられるぶん、ほかの女性より忍耐力があるのかもしれない。

しかし、それでも抑えきれないものもある。

「あ……母乳出てますね」

乳首から白いものが漏れ出していた。

「んぅうッ、あんっ……！　それは、そういう体質なので……」

「娘さんも母乳で悩んでました。遺伝なんですかね」

ミルクを潤滑剤にして乳首を素早くいじった。親指と人差し指でつまみ、シコシコと上下に擦る。美月の肩があがって小刻みに震え、漏れ出す声が甘みを増す。

「んあッ、はあッ……！　もう、胸は、いいですから……！」

美月は健史の愛撫を止めようと手首を握ってきた。存外に力が強く、彼女の克己心を感じさせる。

すかさず健史は彼女の白い首筋に吸いついた。

「あっ！　そこはっ、やめてくださッ、はぁあッ……！」

キスをするだけで飽き足らず、軽く歯形までつける。たちまち彼女の手から力が抜けていく。問題なく乳首責めを続行。

加えて次の愛撫に移行する。

背後から正面にするりと移動して、襦袢を割り開いて胸にしゃぶりついた。ドーム状に膨らんだ乳輪を唇で囲い、ちゅばちゅば吸う。乳首に舌を絡みつけて、れろれろとなめまわす。にじみ出た母乳を味わい、飲む。

「んあッ！　はぁんっ、あぁあッ……！　飲まないでください……ひんッ」

嫌がりながらも快感を隠せない声は娘とすこし似ているかもしれない。

母乳の味は娘とまったく違う。重たさを感じるほどまったり濃厚。清涼感のあった小詠に対して充実感がある。勢いよく飲むよりすこしずつ味わいたいミルクだった。

それも乳首をねろねろとなめまわしながら。

「はあぁぁ……だめっ、ああっ、だめですっ、はあぁぁあッ……！」

徐々に美月の身震いが大きくなっていく。全身あちこちの媚肉が快楽を含んで熱を孕み、柔らかさを増す。気がつけば健史は彼女を抱きすくめて押し倒し、肉感を全身で感じていた。

思いきり乳首を吸う。

ぢゅばぢゅば、ぢゅぢゅぢゅぢゅ、と音を立てる。

「くんぅぅうううううううッ！」

美月の関節という関節が硬化し、震えが波となって柔肉全体に伝わった。

絶頂にともなって母乳がいきおいよく飛び出す。健史はこぼさないよう気を付けてすべてを飲み下した。

「あっ、あぁッ、あはぁあぁッ……！　そんなに飲まないでえっ……！」

「んっ、んぐっ、んぐっ……ぷはあっ、ごちそうさまでした」

最後にふたつの乳首をひとなめすると、美月の柔尻が淫らに跳ねた。


ふたりはいったん湯船に浸かった。

「秘湯の熱で身体中に巣くう良くないものを蒸し殺す――というのが神社の口伝ですが、おそらく体温をあげることで基礎代謝をあげ、自律神経を整え、生殖機能を正常に働かせるのが本当のところでしょう」

美月は落ち着きはらって説明をした。

神社の巫女でありながら、存外に現代的な考え方である。

「それならわざわざこの秘湯にこだわらなくても、自宅のお風呂を使ってもいいし、タケガミさまとセックスする必要もないんじゃ……」

健史の当然の疑問にも美月は答えてくれる。

「異性との交合は性機能を活発化させます。体温をあげるのと類似した作用があるのでしょう。タケガミさまは性欲旺盛なので、回数をこなすには格好の相手です。この温泉を場に使うのは、第三者に見られない配慮だと考えています」

理論的な説明だった。神秘的なパワーで説明されるよりも現代っ子の健史には飲みこみやすい。

だからと言って、やることは変わらないのだが。

話の区切りで健史はまた彼女の乳房に触れた。

「いけませんっ、湯が汚れてしまいますっ……！」

「だいじょうぶです、ちゃんと汚れないようにしますから」

すでにふたりとも一糸まとわぬ姿である。健史は剝き出しの双乳を両手で中央に寄せ、ふたつの乳首をまとめてくわえた。

乳首同士でこすれあわせながら、なめてしゃぶって吸いあげる。

「あぁあああぁッ！」

もはや声を抑えることも忘れた美月は、甘い鳴き声にあわせてミルクを出した。

しっかりそれらを味わいながら、健史は彼女の体に身を擦り寄せていく。脚と脚のあいだに腰を押しこんで対面座位になり、竿先で恥丘をノックする。鬱蒼と茂った縮れ毛がくすぐったくて、思わず身震いした。

「あっ、ああ……！　入れるのですね……！」

「もちろんセックスするための儀式だからね。美月さんとハメハメするよ」

わざと下品な物言いで反応を見る。美月は眉を寄せて物憂げで恥ずかしげな顔をしていた。腰をずらして竿先を秘裂に押し当てれば、喜悦に表情が歪む。

しっかり濡れていた。

ねとりと愛液が絡みつき、しっかり開いた小陰唇がくぱくぱ開閉する。強く押しつければ、ぬるりと膣口にめりこんだ。

「お、入りやすい。大したほしがり穴ですね」

「うっ、うくぅううッ……！　ツキワズライ、ですので……！」

「ツキワズライでおま×こ、うずきまくりなんですよね？」

「あぁああああッ……！」

ほとんど引っかかることなくペニスが最奥に届いた。

「んっ、んぅうッ、ぁあぁあああ……！　こんなに太いなんて……ッ！」

「そうですか？　おま×こゆるゆるで簡単に入りましたよ。はやく入れてほしくてそんな風になってたのかな？」

意地悪く問いかけながら、健史はいきなり乱暴に突いた。

経験上、狭い膣穴は気持ちいいが、その逆が気持ちよくないわけではない。柔らかでゆるい穴は自由に動いて好きなように遊べる心地よさがあった。

その一方、ときおり蠢動したときの締めつけは強い。

ゆるさときつさの緩急は思いのほか気持ちよいことを健史は知っている。

「このおま×こ、もしかして巨根慣れしてます？」

なんとなくそう感じた。生来のゆるさというより、散々使われて柔らかくなったような感触である。

美月は慌ててかぶりを振った。

「な、なにを言うのです……！　うちの夫は普通のサイズです……！　こんな凶悪なモノは持っていません……！」

「じゃあもしかして浮気常習犯？　巨根の愛人とかいる？」

「いません！　ただ、私は軽度のツキワズライで、性欲盛んなので……玩具を使うことがあって……」

しどろもどろになっていくが、言いたいことはわかった。

「オナニー狂いのエロ女なんだね、美月さんッ！」

ぢゅるるる、と乳首をしゃぶりながら、思いきり腰を突きあげた。

「ひあッ！　あッ、あッ、あーっ、あーッ！　そんなっ、激しいッ……！」

激しいのは抽送ばかりではない。乳房を揉みあげれば柔肉が変形するほど乱暴に、乳首をしゃぶれば山間《やまあい》に吸着音が鳴り響くほど大袈裟に。荒々しさはセックスに慣れて感度も仕上がっている熟女ほど効きやすい。

案の定、美月は四肢を痙攣させて母乳を噴き出す。

「イクぅううううーッ！」

ぎゅぼり、ぎゅぼり、と肉壺が窄まった。

母乳ばかりか愛液まで白く濁ったものがあふれ出している。

「あー、気持ちいい……！　美月さんのま×このイキ震え、最高です……！」

思いきり腰に体重をかけて挿入を深くした。熟穴の蠢きを先端から根元まで余すことなく感じたい。

(この穴から小詠ちゃんが生まれたんだな)

なぜだか無性に頭が熱くなる。

腰が勝手に弾んで美月の股を殴り潰すように動いた。

「あひッ！　ひいッ！　お、お待ちくださいッ、イッてます、イッているのですッ、タケガミさまっ、あぁあああッ、すこし止まってくださいッ……！」

「無理ッ！　この穴気持ちいいッ！　もっと犯す！　もっとめちゃくちゃにハメ倒して、美月さんの人生で一番気持ちよかったって思わせてやる！」

「あぁっ、そんなっ、いけないわっ、健史さんッ……！」

美月は歯を食いしばり快感に抗おうとしていた。

涙さえ浮かべた顔に健史は嗜虐心を覚える。

「ほら、言って！　今までで一番気持ちいいですって！　ほらほら、ここがイイんでしょッ！　ここをこうやって押し潰されながら、乳首を吸われるのが！」

最奥の敏感な小口を責めながら乳首を吸う。

そして、噛む。浅く歯を食いこませる。

「んぁあああああーッ！　あーッ！　あへっ、へあぁあああッ！」

「みっともない声が出てるよ！　気持ちいいんでしょ？　言って！　言えッ！」

ここであえて両手を乳房から離し、彼女の手首をわしづかみにした。元から美月には逃げようとする意志はないが、これも演出である。まるで強姦のような、女が男に逆らえない体勢そのものに意味がある。

──男のものにされている。

そんな被虐感に女は震え、快楽に耽溺《たんでき》していくのだ。

付け加えると、手で乳房を支えずに口の吸引だけで乳首を吸うのも狙いだった。より強い負荷が赤い突端を責めさいなみ、痛苦寸前の愉悦を生み出す。

「あぁあッ、いやっ、ダメぇえッ……！　もうっ、もうッ……！」

「もう、なに？　ほら、ハッキリ言って？」

健史は肉竿を小刻みに動かし、子宮口を集中的に擦り潰した。

は、と美月の口から大きな吐息がこぼれる。同時に、おそらくは、彼女の気概も失せたのであろう。

「気持ちいいぃッ……！　今までの人生で一番おま×こイイのぉ……！」

脳天が痺れた。

男としてこのうえない至福だった。

「うっくううッ！　出すぞッ、中出しするぞッ！　ああぁあッ！」

吠えながら精を吐き出した。

破裂するように大量の粘液が飛び出した。

脊髄をすさまじい電流が駆け抜けて、壊れた蛇口のように射精しつづける。

「ぁあぁッ、すごいわぁッ、こんなに出されるのも初めてえっ……！」

たおやかで鷹揚《おうよう》、それでいて静かな威厳のあった年増女が快楽に堕ちた。

自分のペニス一本で変えたのだ。

その充実感に駆られて、腰がすぐに再起動する。

健史は美月が失神するまで行為を重ねた。


後日、健史は内舞殿に呼び出された。

布団の上で正座で待っていたのは変わることなくたおやかな笑み。

「美月さん、今日はどういう……？」

「また儀式をお願いします」

美月は静かに頭を下げた。

「またって……いいんですか？」

「なにか不都合でも？」

健史は口ごもった。

秘湯での儀式のときは正直やりすぎた。やるだけやってから冷静になり、その場は平謝りで許してもらったのだが。

「まだツキワズライが落ち着いていないのです。むしろ儀式をしてしばらくのうちは欲望が昂進しがちで、何度かくり返してから快癒するのが普通です」

「たしかに他の方々も最初の儀式からしばらくは何度も、その、してました」

「ですので、私もまたお願いします」

お願いされたら断る理由もない。

脳裏に浮かぶのはまたも小詠の顔。どういった心情でそうなるのか、健史はいまだ自分を理解できていない。

「では、失礼します」

美月は這いつくばって股間に触れてきた。大胆に揉みこみ、硬さと熱さにため息をついたかと思えば、白装束から逸物を引きずり出す。

「いただきます」

「うわっ」

ぱくりとくわえられたかと思えばなめまわされた。

じゅぱぢゅぱと吸われた。

「ず、ずいぶんと積極的ですね」

「んぢゅっ、ぢゅぱッ、ツキワズライですものっ、申し訳ございませんッ」

優しげだった目つきがねっとりと淫猥に歪んでいた。

顔の下半分も口内がペニスに張りつき、ひょっとこじみて窄まっている。

ペニスをしゃぶる音も手加減抜きの激しさである。

まるで飢えた獣だった。

這いつくばった体勢まで動物的。巫女装束をまといながら、大巫女の威厳も地に落ちている。

タケガミさまとの交わりに堕ちてしまったのだろう。

(小詠ちゃん、ごめん……お母さんをこんなふうにしちゃって)

罪悪感が血管を渡って海綿体に流れこむ。男根が膨らむと、しゃぶりにくいだろうに美月はますます嬉しげに口舌を繰り動かした。

「うぐッ……!」

健史は堪えることなく素直に絶頂した。

「んっ、んッ、んんぅううッ……んぐっ、ごくっ、ごくッ」

口のなかに放たれたものを、美月は丁寧に嚥下していく。

愛しげに細めた目が小詠にそっくりで、なおのこと興奮して精子があふれた。

射精をいったん止めても気分は昂ぶったまま止まらない。健史もまた獣になって、巫女姿の美熟女を押し倒した。

「次は胸でお願いします」

「はい……タケガミさま、どうぞ」

仰向けの美月は、みずから小袖の襟を大きく開いた。

ブラジャーなしの生乳は重力に引かれて左右に分かれる。それでもこんもり盛りあがったボリュームは凄まじいの一言だ。

健史は左右の乳肉を持ちあげ、己が突端を挟みこんだ。

「おおっ、肉圧すごっ……！」

軽く揉みあわせるだけでペニスの芯まで肉感が染み入る。先走りが漏れ出して汗とまじり潤滑油になった。動きやすくなれば自然と腰が動いていく。

前後動で乳穴を掘るが、かなり強く突き出さないと亀頭がはみ出さない。娘とくらべても特大のバストである。

「んぅ、ああっ……こんなふうに胸を穢されるなんて……」

やはり美月は目を細めてうっとりしていた。

健史が指で乳首を弾けば、口がO字に開いて「あおん」と声を漏らす。

「おっぱいだけじゃなくて乳首まで大きいですよね」

親指と人差し指で乳首をつまみ、よじり、つねりあげる。かなり強めに力を入れても、なお美月の反応は媚びるようなメスの声だった。

「ああっ、あおッ、はあぁああッ……！　小詠が赤ん坊のころ、口に含むのがすこし大変そうでした……！」

「じゃあ悪い乳首だ。お仕置きしないとダメですね」

「んひいぃいいッ……！」

乳首をぐっとつまんで乳房まで持ちあげた。肉の重みが乳首の付け根にかかって、いまにも千切れんばかりの負荷が生じているだろう。

しかし痛みより快感が大きいのは、噴き出す母乳を見れば明らかだ。

「あっ、ああっ、出ちゃった……！　また出てしまいましたッ、あぁああッ！」

悔しそうな、それ以上に幸せそうな声を聞いて、健史の股間が沸騰する。

腰を弾ませてパンパンと乳肉を股で打った。

テンポよく快感を刻み、限界まで高まっていく。

「こっちもミルクいっぱい出しますよッ」

健史はまたも我慢することなく劣情のエキスを解き放った。

たわわな肉果実に包まれて愉悦に脈打ち、どぴゅりどぴゅりと射精する。

「あっ、ああっ、あったかいのが出てます……あんっ！」

夫も子もいる人妻のとろけた顔に、乳間を貫いて白く濁った肉汁が飛びついた。

「こんなに勢いが、あんっ！　あっ、ああッ、いっぱいかかっちゃう……！」

なにせ神の射精である。常人とは比べものにならない。

みっちり閉じた乳肉を切り開いたうえで、さらに鋭く飛び散る。美月の顎から口元はもちろん、額にまで届くこともあった。しかも一筋二筋で終わらず、何度も何度も飛び出しては悦顔を穢しつくす。

「うわあ、美月さんの顔、エッグいことになってる」

白濁でパックされた美貌を見下ろすと、男として強く昂ぶった。生臭い体液を顔にぶちまけることは、獣が排尿で縄張りを主張するに等しい。

ずっと年上の美女を自分のものにしてやった。

それもひどく下品な方法で。

(もっとだ……このひとも俺のものにしてやる)

健史は獣欲に駆られて逸物をたぎらせる。

――が、それは相手にとってもおなじだったのかもしれない。

美月はしきりに鼻をすんすんと鳴らし、呼吸を乱していた。顔にかけられた精臭を嗅いでいる。それで飽き足らず、舌なめずりで口元の精液を味わう。ずるると下品にすすって、さらに味わう。嚥下する。

「はあ……もう我慢できないわ」

がばっと上体を起こしたかと思えば、彼女は健史の肩をつかんだ。

慢心した健史は不意打ちを受けてあっさり押し倒される。

股のうえに美月が馬乗りになるのはほんの一瞬のことであった。屹立した肉棒を濡れそぼった蜜穴がくわえこむのも同様。

「あぁあッ、タケガミさまのおち×ぽいただきますっ」

「うわっ、わっ、ええと、いきなりですかッ」

「二度目の儀式ですもの、テンポよく進めましょう？」

見下ろしてくるたおやかな笑みが、きわめて獰猛な獣の表情に見えた。


美月が腰を振れば乳房が躍る。

特段激しい動きはしていない。上体を反らし、ゆっくりと尻をまわす。膣内のどこにペニスが当たるのか探るような動きだった。

それだけで胸の肉玉がたぷんたぷんと弾むのである。

「あっ……！　ここ、いいところに当たる……！　あんっ、ああッ、いいッ」

自分の急所を見極めた美月は、腰の動きを鋭く収束させた。リズムがどんどん速くなり、乳肉の躍動も大きくなる。いかんせん質量が段違いなのですこしペースが遅れていたかもしれない。

（大迫力だなあ）

おっぱいの一大スペクタクルである。健史は声もなく感動していた。

男の血が騒いでペニスもいっそう大きくなる。

すると美月も嬌声を高くして感じ入る。

「あんッ、ああッ、あーッ！　もうっ、もおッ、気持ちよすぎますッ！　タケガミさまだからって、こんなっ、こんなセックスッ、ああもおうッ、はあんッ！」

不満げな言葉遣いだが表情は上機嫌だった。徐々に乱暴になりつつある腰遣いのせいで健史の股間も快感に苛《さいな》まれている。

「くっ、ううっ、今日はずいぶんとノリがいいですね……！」

「ツキワズライのせいですっ、ああ苦しいっ、ああんっ、つらいわッ」

美月は完全に健史とのセックスの虜だった。

夫よりはるかに若い男の体を貪り、喜悦によがり鳴く。

ぴゅっぴゅっと母乳も噴き出す。

白い液体にまみれた乳房を見ていると、健史もなおのこと昂ぶってきた。

「ちょっと飲ませてくださいよ」

「あっ……！」

健史は彼女の背中を抱きよせ、床に手をつかせた。

ちょうど顔のうえに垂れ下がってきた乳首をくわえる。

ちゅばちゅばと赤ん坊のように吸いながら、みずから腰を振った。

「あひッ！　アアッ、ひぃいッ！　ダメッ、ダメですッ、いきなりそんなっ、そんなとこを突きながらおっぱい吸うなんて……！」

先ほどまでの彼女は秘壺の弱い部分を自分で狙って刺激していた。だがそれは、自分で制御しうる範囲で長く愉しむためでもある。

一番気持ちいいのは最奥、子宮口。

子どもを産み出すための器官への集中打撃は制御不能の快感を生み出す。

「ひあッ！　あおッ！　あーッ、ぁああーッ！」

さきほどまで活動的だった熟腰は痙攣気味にこわばるばかり。肉槍の侵攻を一方的に受けて本気汁をまき散らす。

母乳の出もよくなって健史の口を愉しませていた。ときおり乳首を甘噛みすると美月の総身が如実に震えるのも愉しい。年上の熟女を意のままにもてあそぶ悦びは、嶽神村での生活で健史の脳にしっかり刻まれている。

熟女の柔《やわ》い膣奥を的確な力加減で連打し、あっさりと絶頂に導いた。

「あぁっ、いやッ！　イクイクッ、イクぅううううッ！」

膣肉の急速な窄まりを受けて、健史はすこし動きを停止する。強い圧迫感がそのまま快感となって射精しかけたが、ここはまだ忍耐の時だ。

「まだイクのは早いでしょ、美月さん！」

足裏で布団を踏みしめ、股ぐらで美月の体を押しあげた。亀頭が膣奥にめりこみ、美月が苦しげにシーツをつかむ。

「ひっ！　ひっ！　待って、待ってぇ……！　奥ッ、奥が壊れるッ、壊れてしまいますッ、あひッ！　おンッ、あぉおおおおッ……！」

絶頂の真っ最中に追撃を受けて美月が鳴く。

涙とよだれと母乳と愛液を垂れ流して獣のように吠える。

男として生きている——そんな実感が健史の全身にみなぎり、力が湧いてきた。

「そらっ、そらッ、どうだッ、食らえッ！」

留まることなく腰を跳ねあげ、乳首をなめしゃぶって甘噛みする。

「はへっ、おへぇえええぇえええぇえぇえッ……！」

美熟女の声は狂おしい快楽にだらしなく歪みきっていた。

大巫女の威厳を踏みにじった昂揚感にペニスがぞくぞくと震える。

そろそろトドメの頃合いだろう。

「若い男のチ×ポ大好きなエロ巫女に濃いのぶちまけてやるからな！」

「ひあああッ！　あーッ、ぁああッ、ダメダメっ、あはあんッ！　中に、また中に出されちゃうぅうッ！」

嬉々として嫌がりながら、美月は思いきり腰を落としてきた。

ぶちゅりと子宮口が亀頭をしゃぶりこむ。

健史は溜めこんだ鬱憤を年増女の子袋へと解き放った。

「あーッ、あおッ、おーッ！　んおッ、おへぇええええぇえぇえええぇーッ！」

どうしようもなく情けない声が耳に心地良い。

特濃の沸騰汁が尿道を通り抜けるたびに、健史の股間は歓喜によじれた。

射精中に膣肉で揉みこまれる感覚もたまらない。

「あー、気持ちいいなあ。美月さんのおま×こ、ち×ぽ好きすぎでしょ。絡みついて精子搾りだそうとしてますよ？」

「んんっ、だって、だってぇ……！　こんなにびゅーびゅー中出しされたら、気持ちよすぎてアソコも狂っちゃうわあッ」

「アソコじゃなくておま×こって言ってよ」

ただ要請するだけでなく、乳首を噛んで追いこむ。

「ああっ、おまん、こぉ……！　おま×こ気持ちいいぃ！」

淫語を口にする美月はやけに愉しげだった。

大巫女としての責務にストレスが溜まっていたのかもしれない。

軽度とはいえツキワズライにかかり、それでも鷹揚な管理者として振る舞いつづける。考えてみれば結構な重荷ではないか。

「いっぱいおま×こ気持ちよくなって、溜まったもの発散しましょうね」

健史は気遣いの言葉と欲望の腰振りを同時に食らわせた。

美月はよがり、胸と股から白濁したものを噴き出す。母乳と精液が布団を汚し、内舞殿に淫臭が満ちていく。

その様子を扉の隙間から覗く者がいた。

震える手を懸命に握りしめ、目の前の光景に必死で耐える。

「これはタケガミさまのお仕事だから」

小さくつぶやく声は、内舞殿に響きわたる嬌声にかき消される。

鳴いているのは実の母だ。

聞いたことのない声だし、知らない顔をしているが、紛れもなく母である。

あられもない姿の母を下から貫いているのは、よく知っている顔。自分と交わったときもおなじような顔をしていた。

性的快感に駆られて赤らみ、ときに攻撃的に、あるいは愛おしげに相手を見つめる目。普段の気弱な彼からは考えられないほど力強く頼りがいのある目。

「健史にいさん……」

歯を食いしばり、涙を流す。

彼女はようやく理解した。

この気持ちは嫉妬と呼ばれるものなのだと。

第六章　因習のW親子丼

「いつまでそっちにいるの？」

親からの電話でそう問われ、健史は深く考えず反射的に答えていた。

「そろそろ一度戻るよ」

「一度って？　あんたそろそろお仕事決めないとダメでしょ？」

「ああ、いや、そうなんだけど。どうなんだろう？」

「どうって、知らないわよ。もしかして山木さんがお仕事くれるの？」

「そういう考えはなかったな……」

電話を終えて、あらためて健史は考えてみた。

現状は山木家の居候《いそうろう》である。

タケガミさまとしての役割はあれど、セックス以外なにもしていない。永遠にこんな生活が許されるはずもない。

相談するなら桜子が一番気安いだろうか。

しかしタイミングがよくない。

今日は嶽神神社で山木藤乃と桜子の儀式を行うのだ。

今まさに村の道を歩いて、神社にたどりついたところである。

「ようこそおいでくださいました、タケガミさま」

鳥居のそばで小詠が丁重に頭を下げる。

「美月さんはいないの？」

「大巫女は外出しております。本日の儀式は代理として私が担当しますのでよろしくお願いいたします」

「そうか。じゃあよろしくね」

小詠の態度になんとなく違和感があった。やけに冷淡でよそよそしく、以前の彼女を思い出す慇懃《いんぎん》さである。そう思えるぐらいに最近の彼女は軟化していたのだと再認識させられた。

「ではこちらに」

「内舞殿だよね？　それならひとりで行けるけど」

「案内もお勤めのうちですので」

小詠に先導されて境内を進む。彼女に声をかけようと思うが、適切な言葉を思いつかない。なんとも気まずい。

（これからやることを小詠ちゃんに見られるのかな）

巫女の勤めと言っても儀式に立ち会うわけではない。ただ、おなじ境内で見回りには来るだろう。外からでも声は聞こえるのでなかを覗く必要もない。

ほかの女と交わるところを小詠に見聞きされるのは、なぜかとても嫌だった。

内舞殿では過激な水着美女たちが待っていた。

乳首と股を最低限隠すことしかできない紐じみた水着。

いわゆるマイクロビキニである。

「せっかくだからふたりぶん買っちゃったの」

悪戯っぽく笑う桜子は赤のマイクロビキニ。

「い、いくらなんでも、こんなものは紐ではないですか……！」

恥ずかしげに胸と股を隠す藤乃は黒のマイクロビキニ。

人並み外れて臀部の豊かなふたりである。紐が尻肉に食いこんで柔らかみを強調していた。なんとも艶めかしいうえに、美人親子とくれば男の本能も昂ぶる。

とくに目を惹《ひ》くのはやはり股間部か。

陰毛の手入れをして無毛状態の桜子に対して、藤乃は黒々と茂った縮れ毛が大量にビキニからはみ出している。

なんとも無様で艶めかしく、嗜虐心を煽る眺めであった。

「じゃあふたりとも、奉仕してくれるかな」

健史はひどく居丈高な態度で仁王立ちになった。内舞殿の外に小詠がいることは記憶から薄れていく。

こうして恥辱と快楽の奉仕活動がはじまったのである。

なにせ娘のほうが好き者なので、多数決で儀式の流れは確定する。

「うふふ、今日もエッグいぐらいに勃起してるわね」

桜子は情熱的なフェラチオで男根を唾液まみれにしていた。さすがの舌遣いに海綿体が痺れて先走りがあふれ出す。射精するほどではないが、たびたびうめき声が漏れてしまう。

対して母親のほうはと言えば、

「えうっ、えおぉお……ぐちゅっ、ぢゅるっ、うぅうッ……ちゅぱッ」

健史の尻に顔を埋めて、苦しげに音《ね》を上げていた。

彼女の舌は肛門に突き刺さっており、恐々と入り口付近を抽送している。もちろんプライドの高い彼女が自主的に行った淫戯ではない。娘の桜子が無理やりやらせたようなものである。

「ほらほら健史くん、もっと頭押さえつけてガッツリ奉仕させないと」

「お、おう、わかってる。藤乃、もっと深くなめろ」

健史は彼女の頭をつかんで自分の尻に引き寄せた。

「あおッ……！　えぢゅっ、れろぉお……！」

尻たぶに感じる水気は涙だろうか。さしもの藤乃も人体でもっとも汚い部分をなめさせられたら泣きたくもなる。

一方、健史にとっても強烈な刺激だった。

「うっ……くッ……！」

強気に堪《こら》えなければ気の抜けた喘ぎが漏れてしまうだろう。肛門をほじくられ、直腸をなめ擦られると、腰が抜けるような脱力感がある。ペニスの快感とは違いすぎて戸惑いすら感じてしまう。

大人の女を泣かせて得られる嗜虐的な興奮がなければ、あるいはM性感に目覚めていたかもしれない。

「うわあ、ガマン汁がどんどん出てる……ちゅるるるッ、おいしっ」

桜子は亀頭に口をつけてカウパー汁を吸った。尿道を粘液が高速で通り抜ける感覚が心地良く、健史の腰が歓喜に震える。

そこに藤乃の舌が躍る。尖端で腸壁をこそぎ落とすような強い舐《な》め方だ。

「おっ、すごいっ、藤乃さんうまいですね……！」

「えあっ、いあぁあッ……！」

本気で嫌がっていたら絶対にできない情熱的な舌遣いだった。貶められて興奮し、男を悦ばせて歓喜している。山木家の当主に次ぐ権威の持ち主だからこそ、奴隷《どれい》のように扱われて普段と違う自分に感じるモノがあるのだろう。

(俺も儀式のときは普段と違う俺になってるしなあ)

健史もまた普段は気弱な無職である。

それがいまは王者のごとく仁王立ちで女たちに奉仕を受けている。

「せっかくだし喉も使ったほうがテンションあがるんじゃない？」

桜子は大口を開け、舌をれろれろと動かしてペニスを煽る。

乗らざるをえない挑発だった。

彼女の頭をわざと乱暴につかみ、剛直を喉に押しこんでいく。

「おごつ、ぽぼッ！　ばふぉッ、おぐッ！」

桜子も苦しげな喉音を出してはいるが、唇を肉竿に張りつけることは忘れない。彼女には余裕をもって被虐を愉しめるだけの経験がある。荒々しく頭を揺らされ、喉をごちゅごちゅと突かれても、嘔吐《おうと》する様子はない。それどころか自分で胸と股をいじって気持ちよさげに腰をよじっていた。

「そんな格好でエロ奉仕するなんて、親子そろって淫乱だね」

健史は藤乃の頭も強く引き寄せ、より深くまで直腸をなめさせた。

「んぐッ、おひッ、あぁあッ……！」

肛内の舌がもつれて震える。その不自然な動きで、なんとなく健史には彼女のしていることが理解できた。

「オナニーも親子そろってやるの？」

「んんんーッ！」

後ろにいるからバレないとでも思ったのだろう。

藤乃は屈辱的な仕打ちを受けて我慢できずに秘処を慰めだしていた。

見透かしてやった勝利感に酔いしれ、健史の腰が動く。

「おごつ、んぐッ！　おぉおおッ……！」

「はちゅっ、れろぉおおッ……ぐぷっ、えふっ、ちゅぢゅるッ」

娘の喉を犯しながら、母親の舌で肛門快楽に耽る。

背徳の快楽を極める心地のなか、健史は思いきり射精した。

「んおッ、おぶッ、んぐぅうッ……ごくっ、ごくっ」

喉を打つ粘着質な濁液を、当然のように桜子は飲み干していく。喉の動きで亀頭を揉みほぐすことも忘れない。

「れおぉ……れろっ、ぢゅろッ、れうぅう……！」

痙攣する直腸の一点を、藤乃が舌先で突っつく。知ってか知らずか前立腺の位置。射精を促して娘の喉に精液を送りこむ見事なサポートだった。

もっともっとまとめて食べたい親子丼である。


三人は前戯を終えて本番に入った。

仰向けに寝かせた藤乃を健史が貫き、無遠慮に腰を振る。マイクロビキニは脱がせることなく横にずらすだけ。

「あへぇえぇッ！　はへっ！　おへッ！　死ぬぅうぅううぅッ！」

すでに膣内は濡れそぼっていたが、十往復もすれば声までドロドロにとろけた。

「お母さん、そんなにお尻なめるのよかった？」

桜子は四つん這いで藤乃のうえに重なり、母の歪んだ顔を撫でている。

「いやあ、あんな酷いこと、もう二度としたくないぃ……！」

「家畜扱いされてめちゃくちゃ濡れたでしょ？　いまだって健史くんスローペースなのに、じゅっぽじゅっぽエグい音鳴ってるじゃないの」

「違うのっ、違うのぉ……！」

「Mプレイも楽しいって認めちゃえばいいのに。裸よりも恥ずかしいような水着を着て、恥ずかしいこといっぱい言ったり言われたりしてセックスするの、めちゃくちゃ興奮しちゃうでしょ？」

娘の問いかけに藤乃は涙を堪えてかぶりを振るばかりだ。

「強情ねえ、母さんも。それなら、ねえタケガミさま？　わたくしにもお仕置き棒をハメてくださらない？」

桜子が豊かな尻を振って媚びる。赤のマイクロビキニが食いこんだ肉尻は見るからにもっちりと柔らかそうだ。

健史は求めに応じて逸物を移動させた。母親の愛液でたっぷり濡れた反り棒を、負けず劣らず濡れそぼった肉穴にくれてやる。

「はぁああんッ！　おち×ぽぉ！　おち×ぽ大好きぃいッ！」

ひときわ高い声で桜子は鳴いた。

自分の興奮を煽るために張りあげた声だが、それは残るふたりにも響いた。健史は思わず腰を加速させ、藤乃は目を丸くして桜子を見あげる。

「おち×ぽぉ、おち×ぽさまぁ！　あんっ、おんッ！　もっともっと犯してっ、低俗なメスブタにおち×ぽさまのお仕置きくださいぃ！」

「い、いけませんっ、山木家の女がそんなみっともない声を……！」

「あんッ、あへッ、だってぇ、おち×ぽハメられたら濡れまくっちゃう媚びま×こだものぉ！　タケガミさま専用のハメ穴奴隷だものぉ！」

「な、な、な、なんてふしだらな……！」

藤乃の声はかすれていた。いくら性に奔放な娘とはいえ、ここまで自分を貶めることに躊躇《ちゅうちょ》がないとは思わなかったのだろう。

そこにさらなる追い撃ちがかけられた。

「でもこれって絶対に母親からの遺伝だよ……母さんも言ってみなよ、ほら」

「い、言えるわけが……あへぇぇえッ！」

桜子は母親の股に手を伸ばし、ぐっちゅぐっちゅと責めだした。音の大きさとペース、そして身も世もない藤乃の喘ぎ声からして相当なテクニックだろう。自分も後ろから突かれているのに大した手腕である。

「言って、ほら、母さんッ！　あんっ、気持ちいいからっ、ドキドキするからっ、母さん、おち×ぽさまって！　ほらほら、あはっ、言えッ！」

ちらりと肩越しに振り向いてくる桜子。視線ひとつで健史は彼女の言いたいことをぼんやり察した。

「言えよ、メスブタ」

その一言にあわせて、藤乃の股からとびきり大きな水音が跳ねた。

ビクンッ、と熟肉美女の体が悩ましげに反《そ》る。

「あへっ、へあああああッ！　お、おち×ぽっ、さまぁああッ……！　あんっ、おぉおおッ……あおぉおおぉおおおッ！」

絶頂の声は獣の咆哮《ほうこう》のように濁った音で、醜くも艶めかしかった。

桜子と健史も追って快感の頂点に達する。

「あーッ、イクッ、私もイクイクッ、んんんんッ！」

「じゃあ俺もッ……！」

「出すときは母さんのなかにッ！」

なんだかとんでもないことを言いだした。

健史は深く考えず、寸前で逸物を抜く。

藤乃のイキ穴にねじこめば、激しい肉圧痙攣で法悦が爆発した。

「オッ、おおおおッ！　出ッ、出るぅううッ！」

「おひッ、おへぇええぇッ！　イッでるっ、イッでるのにおち×ぽさまハメるのダメっ、死ぬっ、死んじゃうぅううううッ！」

精液が子宮口に降りかかるたび、特大の尻腿が暴れるように弾む。

喉が裂けそうな声でよがり鳴く母を、桜子もまた絶頂のなかで見下ろしていた。

「あぁああッ！　お母さんかわいいっ、あーこれヤバいぃ、家族ぜんぶち×ぽ一本でブッ壊されてる感じほんとヤッバいわぁ、ぁぁあああああッ！」

たしかにこの行為は一歩間違えれば家庭崩壊になりかねない。

山木家の当主と婿養子は儀式のことをどの程度知っているのだろう。本当に理解して、納得しているのだろうか。

納得していなければ、これは許されざる不貞である。

そう思って背徳感に健史の背筋が震えて、射精がさらに勢いづいた。

「でも、まだだ……！　もっともっと……！」

健史は止まらなかった。

体位を変えて、挿入する相手を入れ替えて、何度も何度も快楽を極めた。精力はまだまだ充分すぎるほど残っている。出しても出しても尽きることはない。

デカ尻女には遠慮せず全力で腰をぶつけられる。マイクロビキニの紐が食いこむほどの尻肉が衝撃を吸収するからだ。腰が沈みこむような感覚もたまらない。

「ふう、ふう、いいっ、気持ちいい……！　まだまだやるぞ……！」

上機嫌のまま、とりわけ重点的に責めたのは桜子だ。

藤乃は最初の何発かであっさり腰砕けになり、意識も混濁してしまった。

一方、艶事に慣れた桜子は結構な難敵である。

「どうだ、どうだ！　ま×こ死ぬか、桜子……！」

「あぉおん、死んじゃうっ、母さんみたいな雑魚ま×こになっちゃうぅう！」

などとよがり鳴きながらも、どこか余裕があるのである。

(女のひとは男と違って一回出したら終わりってわけじゃないもんなあ)

しかし、だからこそ、経験豊富な淫女を屈服させてみたい。

儀式のときぐらいだれにも負けない性豪でいたかった。

「こういうのはどう？」

健史は思いつきで、正常位から彼女の下腹を拳で押し潰してみた。ちょうど子宮の上である。外から圧迫すれば性感帯の子宮口が膣内に押し出され、より亀頭に当たりやすくなるのではないか、と思ったのだが――

「んあへぇえッ！」

想像以上にねじれた嬌声が飛び出した。

目を剝き、歪んだ口からは唾液まみれの舌が押し出される。

「さ、桜子、あなた、なんて顔を……！」

藤乃も呆気にとられるほど淫らで呆けた表情であった。

「これってそんなに効きます？」

「効っ、効くぅううッ！　あーヤバいッ、それ子宮マジでヤバい……！」

膣肉が激しくうねって歓喜している。押し出された子宮口が亀頭に吸いつくため、健史にとっても気持ちいい。好き者の桜子を狂わせる達成感も血を熱くする。

「あへっ、はへッ、あぉおおッ！　イクッ、イグぅううッ！」

ガクガクと壊れた玩具のように桜子の全身がわななないた。

「ずいぶんと早いですね？」

「だって、これすっごい効くのぉ！　子宮めちゃくちゃ効いて、ま×こ雑魚になっちやうのぉ！　んおッ、えぁあああッ！」

「藤乃さんも見ててよ！　娘さんがみっともなくイキ狂うところ！」

「ダメよ、桜子、ああ、いけないわ……！」

親子関係をペニス一本で粉砕する爽快感に、健史は清々しく絶頂した。

「出るッ！」

肉棒を思いきり叩きこんで射精する。

頭が白くなるほどの快感を味わいながら、子宮口に熱液を注ぎこんでいく。

「あぇえええッ！　イクッ、イクぅううーッ！」

夫以外の男に中出しされてイキ狂う美人妻。

その様を困惑しながらも、羨ましげに見つめる見目麗しい母親。

性欲に負けたマイクロビキニ母娘の末路に、男の尊厳がいきり立つ。徹夜でふたりを穢しつくしたいと健史は思うのであった、が。

ふと、違和感を覚えて視線を横にやる。

内舞殿の入り口がほんのすこし開いていた。

中をのぞき見る目があり、健史の視線とぶつかる。

「あっ……」

その目は慌てた様子で扉の向こうから消えた。

日が暮れるころ、健史は山木母娘を快楽で失神させて儀式を切りあげた。内舞殿を出て夜の境内を見てまわる。

鳥居のそばに巫女装束があった。やけに生気がなく、なにも知らずに見かければ幽霊と間違えそうな佇《たたず》まいである。

「小詠ちゃん……だいじょうぶ？」

「だいじょうぶ、とはなんでしょうか」

「いや、だって……ずっと見てたんだよね」

「ずっとではありません。儀式の監督役として、たまに確認していただけです」

「そういう話じゃなくて、小詠ちゃんの気分の話だよ」

大量に射精したせいか、気分がやけに落ち着いている。男は出すものを出せば冷静になるものである。

冷静になっているはずなのに、割り切れない気持ちもあった。

「俺がほかの女のひとと儀式してるのを見て、なんとも思わなかった？」

「儀式は儀式ですから」

いやしかし、と言いかけて考えなおす。
小詠の口元は尖り気味で、目元には涙が浮かんでいた。
「ぜんぜん、なんでもありませんから」
子どもが強がるような態度に健史はいじらしさを感じた。
同時に、顔が熱くなるような感覚もある。
(この子のまえであんなプレイ見せちゃったのか)
女をいたぶって悦に入る鬼畜じみた行為を散々見せつけてしまった。
彼女がどう受け止めたにしろ、あまり見せたくはない一面である。
ふたりは言葉少なになり、やがて健史が「じゃあ」と別れの挨拶をした。
「ごきげんよう、タケガミさま」
まるで永遠の別れのような言葉に胸が痛くなった。

山木母娘との儀式から数日ほど健史はタケガミさまをやめた。
別れ際の小詠の顔を思い出すと腰を振る気にもなれない。
さいわい、村人からさらに儀式の申し出を受けることもなかった。
となれば、今度は無為に時間が流れゆくばかりである。

「せめてバイトぐらい探しとくか」

山木家の客間でスマホと睨みあう。自宅付近のアルバイトを探すが、自分にあった職種がいまだによくわからない。腰を振るのが一番合っている気もするが、AV男優はさすがに気が引ける。家族に合わせる顔がない。

「そういえば……藤乃さんだいじょうぶかな」

その後、藤乃は何事もなかったかのように振る舞っている。

桜子はある意味いつもどおり。

親子関係に問題があるようには見えない。それぞれの夫と揉めている雰囲気もなく、ごく普通に日常が続いていた。

内心ビクついている自分が異物のように思えてならない。

「ちょっと距離を置いて客観的になったほうがいいか」

嶽神村を離れるのであれば許可が必要かもしれない。タケガミさまの役目もあるので大巫女の美月に相談すべきか。

小詠と顔を合わせるのは気まずいので、神社に出向くのは控えたい。

スマホのSNSアプリで美月にメッセージを送る。

〈そろそろ自宅に戻って仕事を探そうと思うのですが、タケガミさまとしての役割に

問題はあるでしょうか？〉
しばらく待つと既読マークがつき、返事が送られてきた。
〈一度こちらで直接お話はできるでしょうか〉
結局、対面で話すしかなさそうだった。

宮代家の応接室でお茶とケーキを出され、美月と向きあった。

彼女はソファに座ったまま丁重にお辞儀をする。

「健史さんの実生活に配慮が及ばなかったことを深くお詫び申しあげます」

「いえいえ、そんな、美月さんが謝ることじゃありませんよ。こちらの生活にかまけてやるべきことを先送りにしてたのは俺なので」

セックスの快楽に溺れていただけなのだから、謝られても逆に恐縮してしまう。

「だから一度戻って、経済的に安定する必要があるかなと」

「経済的な問題であれば、こちらで仕事をする気はありませんか？」

「嶽神村で、ですか？」

「正確には山木家の所有する事業で、ということになります。山向こうに温泉観光地があるのはご存知でしょうか」

「はい、たしか一時期は景気が悪くて危なかったけど、また盛り返してるとか」

「そちらで働き口があるようです。詳しいことは勇蔵さんから説明があるとは思いますが、住まいは山木家もしくはこちらで用意できます」

至れり尽くせりだった。かえって不信感を抱くほどに。

そのことは美月もわかっているのか、苦笑まじりに付け足してくる。

「いかんせん田舎ですので、お買い物には車ですこし遠出しなければなりません。不便な点は多々あります。もちろんインターネットぐらいは開通していますし、ネット通販する分には問題ありませんが」

ふむ、と健史は考えこんだ。やはり条件は悪くない。もともとインドアタイプなのでインターネットがあればどうとでもなる。

そうなると、実際の仕事内容と待遇が問題だった。

「勇蔵さんに詳しく訊いてみます」

「では前向きに検討していただけると思って良いのですね」

「ええ、まあ。ここの暮らしも悪くないので」

「癒やしの儀式がよほど気に入ったのでしょうか」

「いえ、あの、それは……まあ」

突然の不意打ちに健史はわかりやすく狼狽《ろうばい》してしまった。

美月はくすりと笑う。

「そうしていると可愛らしい男の子なのに」

「もう子なんていう年じゃありませんよ、俺……」

年上の美人に子ども扱いされると気恥ずかしくて縮こまってしまう。けっして嫌ではない。むしろもっと子ども扱いされたい。

そして――後で徹底的によがり狂わせ、手玉にとって逆襲するのだ。

（いや、ダメだ。こういう思考になるのは儀式の悪い影響だ）

やはり村から距離を置くべきではないのか。

あらためて考えていると、ドアがノックされた。

「母さん、そろそろ」

「あら小詠、もうそんな時間なのね」

ドア越しに聞こえる小詠の声に健史は緊張した。

まだ彼女とどんな顔をして会えばいいのかわからない。

「用事があるのでしたら、俺はそろそろ」

「いいえ、健史さんにも来ていただきます。儀式のお時間ですので」

そこで彼女に聞かされた儀式内容に健史は絶句した。自重すべきだと心に決めて間もないのに、あまりにも残酷で淫靡な儀式である。

たおやかな笑みからは逃げられる気がしない。

緊張する心と裏腹に、股間の逸物は期待感にそそり立っていた。


儀式は秘湯で行われることになった。

夕焼けに染まる温泉の横で、宮代母娘はとんでもない格好をしていた。

「その下着は……？」

「温泉で着るものではないのですが……だからこそ良いと桜子ちゃんがオススメしてきたんです。いかがでしょうか？」

美月はたおやかな笑みで眉を垂らして困ったような表情をする。

となりでは小詠が健史から目を逸らしているが、顔から耳まで紅潮していた。

そんな態度になるのも無理はない。

ふたりが身につけているものはセクシーランジェリーだった。

レースを多用して肌色を透かしたもので、ガーターベルトつき。

美月は白い肌を浮きあがらせるような艶めかしい黒。

小詠は白い肌と溶けあうような天使の羽根を思わせる白。

「おお……」

健史は思わず感嘆した。場所的には温泉でマイクロビキニを着るほうがまだ親和性がある。逆に内舞殿の布団のうえであればランジェリーの違和感も減るだろう。

だが、だからこそ、猥褻《わいせつ》な雰囲気がかえって強まる感があった。

最大のポイントは胸と股の裂け目から乳首と秘処が丸出しになっていることだ。

「ではまずご奉仕します。どうぞ、マットに横になってください」

「はい、よろしくお願いします」

健史が仰向けになると、美月は娘に目配せする。親子で男に奉仕することに一切の躊躇がない。役目と割り切っているのか、それともツキワズライで性欲が昂ぶって倫理観がどうにかなっているのか。

「小詠、先にやりなさい」

「……うん」

小詠の頬は子どもじみて膨れているが、それも可愛らしいと健史は思った。一方で膝立ちで迫りくるバストはヘヴィ級の貫禄がある。横からペニスを挟みこむかと思えば、下着からこぼれた乳頭で亀頭を突っついてきた。

「んっ……」

つん、つん、とバードキスをするように何度も接触する。ごく控えめな行為だが、女性にとっては乳房で挟むより気持ちいいだろう。事実、彼女の目はアッという間に潤み、逸れていた視線も逸物に注がれる。

「ごめんなさい、うちの娘が緊張しちゃって」

「べつにしてません……普通です」

「では私も普通に」

美月も小詠と逆から乳首で亀頭を突いてきた。娘よりもあきらかに大きく、濃い色をした突端ですこし強めに、裏筋を狙い澄まして。

「くっ、うっ、あぁ……！」

左右からの攻撃は気持ちいいが慎ましくもある。焦らしにはもってこいの淡い刺激が積み重なっていた。

「先走りがたくさん出ているわね、小詠……健史さんが悦んでくださってるのよ」

「そう、ですか……」

「そろそろ本格的に気持ちよくなっていただくわよ？」

美月が重たげな両房を手で持ちあげると、小詠もそれに従う。

左右から四つの乳玉がペニスを包みこんだ。

「うっ、ああッ……！　これ、すっごいです……！」

「悦んでいただけるならなによりです、んっ、んううッ」

熟乳が健史の股に乗り、前後左右に弾み躍る。特大の質量で竿肉が弄《もてあそ》ばれ、根元から先端まで喜悦に満ちていく。

その対面で無言の小詠も負けてはいない。サイズでは劣っていても若くて肌に張りがあり、母親の重みを豊かな弾力で押し返す。

母娘で乳肉の触感がまるで違うことも興奮を誘った。

（いいのかな、小詠ちゃんのまえでこんなふうに気持ちよくなって）

（まあいいか）

快楽にあっさりと負けてしまった。

ただ、それでも小詠の頭にだけ手を置いたのは、彼女への想いゆえだった。

「気持ちいいよ、小詠ちゃん」

「……っ、どうも」

やはり彼女は視線を寄越さないが、声にかすかな揺らぎがあった。心なしか乳揺れも加速する。汗とカウパーにまみれた乳膚が肉棒を擦り、押し潰し、ときにコリコリした乳首をぶつけてくる。

母娘ふたりがかりの爆乳奉仕に健史は耐えきれなかった。

「うぐっ、出る出るっ、ううぅーッ」

「ええ、どうぞ、たくさん出してくださいね」

射精の瞬間、美月が思いきり体重をかけてきた。圧倒的な肉量に押されてペニスが小詠側に傾き、精液がそちらに噴出する。

「あっ、いやっ……にいさん、だめ……っ」

抜群の射精力で小詠の童顔が白濁に穢されていく。彼女は粘り気にまみれながらも表情筋がゆるみ、呆けていく。

「だめ……やだ、こんなの……」

小詠は口元に垂れてきた白濁を無意識になめとり、熱いため息を吐いた。

「おいしい？」

母親の問いかけに娘は曖昧に「んぅ」とうめくばかりだ。射精中のペニスを胸で揉み転がすのに夢中になっている。

健史はさらに追い撃ちで彼女の顔にぶちまけた。

「では次の奉仕はわたくしから」

美月はたおやかな笑顔で馬乗りになってきた。

健史に背を向けた背面騎乗位でゆっさゆっさと乳尻を揺らしている。

「あんっ、あッ、ああッ……！　タケガミさまっ、今日もとても大きい……！」

「それは、どうもっ……！」

たっぷり湿潤した肉壺に剛直を揉み潰されて健史は歯がみをした。たまらなく気持ちいいのだが、それでも堪えたい。

横で正座した小詠が無言で見下ろしてきているのだ。

なにも言わず、精液にまみれた顔で、ただ口元をこわばらせて。目の潤みは興奮ばかりでなく別の意味も兼ねているように思えた。

「ぁあッ、はんっ、あはぁああッ……！　小詠、あなたはなにもしないの？」

「私は、お母さんの後で、構いません……」

心なしか小詠は息苦しげだった。

母親と健史の交合を見て、耐えがたくも目を逸らせない様子に見えた。

(助けてあげたい)

健史はごく自然にそう思い、彼女に手を伸ばした。

膝に触れれば華奢な肩が震え、太腿に登れば腰が小さく悶える。さらに狭間の深くに入り、下着の裂け目から剝き出しになっている陰唇へ。

「ひんッ……！」

肉溝をなぞれば小詠の声が跳ねた。

陰核をノックすれば体が傾く。

膣口に中指を差しこんで腹側を圧迫すれば、全身が震えだした。

「あっ、ああっ、だめっ、やだっ、にいさん、だめっ……！　母さんがいるのに、こんなことしちゃダメぇ……！」

「美月さんだけ気持ちよくなって、小詠ちゃんが気持ちよくならないのはもっとダメでしょ。ほら、気持ちいいよね？　イクイクしよっか」

彼女の弱点はすでにわかりきっている。陰核とGスポットをどんなペースでいじれば達しやすいか、健史は知悉しているのだ。

「あんっ、あはっ、気持ちよくしてもらってるのね、小詠……！」

美月は娘の嬌声にずいぶんと嬉しげで、ますます盛んに腰を振った。

「いや、やだっ、ゆるしてっ、ごめんなさいっ、ああッ、いやいやいやあッ……！」

小詠の体が前屈する。目をきつく閉じた顔が近づいてくるのは故意か偶然か。

どちらにしろチャンスだった。

健史は彼女の頭をつかんで、深く唇を重ねる。

「んむっ！　んぅうッ、んふぅうぅ……！」

最初は驚いて抵抗する小詠だったが、舌を絡めると簡単にキスを受け入れた。

ねろねろ、れちゅれちゅと水音が鳴り響く口付け。母親に聞こえる場所ですることではないが、小詠はすぐにとろけていく。とっくに濡れそぼっていた秘裂からは濁った愛液が滝のように流れ出す。

「んちゅっ、はむっ、ふあぁ……健史にいさん、お顔が汚れてます……」

いったん口が離れると、小詠は狙いを口からずらした。自分の顔に付着していた精液が健史の顔にも垂れ落ちたからだ。それらに口をつけ、ちゅるちゅると吸い取っていく。先ほどまでの羞恥心が快楽で溶かされたように積極的である。

すすり終われば、また口と口でキスをする。

彼女の口から漂う青臭さは健史にとって自分の精臭だが、嫌悪感はない。むしろいとおしさを感じた。

(こんな嫌な味なのに受け入れてくれたんだな)

いとおしさが興奮に変わり、男根がはち切れんばかりに充血する。

「あんっ、あぁッ……！　大きい……いいッ、気持ちいいッ、イキそう……！」

美月は喜悦に身震いしたかと思えば、肩越しにちらりと視線をくれる。そのとき健史には、彼女の頬がかすかにゆるんだように見えた。

娘が男と睦《むつ》みあう姿を見守る母の表情だったのかもしれない。

そんな優しげな母親に、娘とキスをして昂ぶったペニスを挿入している。しかも爆発寸前だ。すさまじく背徳的で愚かしい快楽に健史は抗えない。

「小詠ちゃんっ……！」

「健史にいさんっ……！」

愛らしい少女と名を呼びあい、舌を絡めながらも、腰が思いきり動いた。めちゃくちゃに美月の奥を突きまわして双方の快感を高めていく。

「あぁああッ！　あーッ、イキますッ、タケガミさまっ、あぁあーッ！」

淫らな声でよがる熟母の膣内で、健史は遠慮なく頂点に達した。

ディープキスで娘の口内を貪りながらの、最低で最高の中出し射精。

頭がおかしくなるかと思った。

「それでは、次はふたりでどうぞ」

美月は腰を上げて逸物を抜き、娘の手を引く。

母娘が入れ替わり、健史の位置も変化して、正常位の体勢になっていた。

「よろしくお願い、します……」

小詠は健史と母の体液でマットに横たわり、恥ずかしげに目を逸らす。まるで初体験のような態度に白のランジェリーとが相まって、ウェディングドレスさながらに清純な魅力が花開いていた。

それでいて細脚は自然に開いて股を晒している。天然無毛のなめらかな恥丘の下、処女と変わらぬ小さな割れ目が濁った蜜をしとどに垂らした。

「ハメるよ、小詠ちゃん」

健史は準備万端の若穴に凶悪な肉根を押しこんだ。狭苦しい膣口を強引に押し広げれば、弾力のある肉粒が海綿体を抱擁してくる。

「うっ、くう……！　気持ちいい……！」

言葉で快感を伝えると、小詠の中は別の生き物のように蠢く。視線もこちらを向いてきて、高い喘ぎが漏れ出した。

「あっ、あんッ、ああッ……！　にいさん、健史にいさん……！」

「小詠ちゃんのおま×こ気持ちいいよ、腰が止まらない……！」

窮屈《きゅうくつ》な穴だがぬめりは抜群。粒々感をカリ首で引っかく感触も小気味良く、なにより小詠の反応がいい。

「あっ、あっ、あーッ！　いやっ、ああッ、やああッ……！」

小詠は悶え悦びながらも、ときおり視線を健史の背後に移す。そこに母親がいる。血の繋がった家族に痴態を見られる気持ちはいかほどのものだろう。

あまつさえ、美月は後ろから健史に抱きついてきた。

たわわな熟果実が背中で潰れる感触に、猛き現人神も一瞬硬直する。

「もっと気持ちよくしてあげてください……小柄に見えてもアソコは赤ん坊を生むために大きく広がるものですから、激しくしてもだいじょうぶ……」

後ろから体重をかけられ、健史は前のめりになっていった。挿入角度が変わるのにあわせて小詠の細脚を持ちあげる。上から下に突き下ろす屈曲位で、より深くより重くペニスが突き刺さった。

「はっ、奥ッ、すごッ……！　あッ！　あーッ！　ぁおぉーッ！」

小詠は獣のごとく唸り、吠え、よがり狂う。入り口から奥まで敏感な淫婦の股ぐらである。健史の腰遣いもさらに弾んだ。

「はあっ、はあッ、小詠ちゃんっ、小詠ちゃんっ」

健史も息を切らせて快感に打ち震えていた。

挿入が深くなると気持ちいいのは当然として、腰を思いきり振るのも痛快だ。小柄な相手を叩き壊すほど激しいピストン運動。どうしようもなく昂ぶる。

「そうそう、女の子は意外と頑丈ですから。あなたの欲望をぜんぶ娘にぶつけてください。さあ、ほらほら」

さらに美月が体重をかけてきて、健史と小詠の顔が接近した。

すこし見つめあい、当然のように唇を重ねる。

「んちゅっ、ちゅくっ、ぢゅじゅるッ……！　はふっ、あへっ、おへッ！」

舌を貪りながら腰を振るとますます興奮が高まった。腰遣いがさらに加速し、年下の少女への気遣いが薄れていく。

なのに彼女は目に涙を浮かべて歓喜していた。

「うれしい……！」

キスの合間に、たしかにそんな声が聞こえた。

背後で美月がほくそ笑む。

「大事にされるだけでは満たされないこともあるのですよ。愛してるからこそ激しくされたいことだって女にはあります……」

そう言って、彼女まで腰を振りだした。突きこむ際にかかる体重が加算され、小詠の嬌声が醜いほどに歪む。

「おひッ！　おおっ！　おっ、おへッ、へぁぁあッ！」

まるで他の年上美女とおなじような、品性を投げ捨てた感悦ぶりだった。

「だいじょうぶ、小詠ちゃん？」

「もっと……！　もっと激しく、めちゃくちゃにしてッ……！　母さんや桜子さんたちみたいに、健史さんの全力を受け止めたいんですッ……！」

健史は目が覚める想いだった。

小詠相手に加減していたつもりはない。彼女を抱く悦びに酔いしれ、全力で愛してきたつもりだ。

けれど無意識のうちにブレーキをかけていたのだろう。

華奢で小柄であどけなさの残った少女を苦しめたくないという良識が、かえって彼女を追い詰めていたのかもしれない。小詠は健史とほかの女の儀式をのぞき見て、自分相手とは違う荒々しさに羨望と嫉妬を覚えたのではないか。

「めちゃくちゃに犯していいの？」

耳元でささやくと、小詠は大きくうなずいた。

「ほかのひとにしたこと、全部してほしい」

「全部って、それは……」

かなりサディスティックなプレイも含むので、さすがにすこし気が引ける。

「これから長い時間をかけてすればいいじゃないですか」

美月が後ろから胸元に手をまわし、健史の乳首をいじりはじめた。

「うっ、くっ、長い時間って……！」

「ずっと一緒にいたいです」

小詠の手で健史の背にまわされた。

脚が腰にまわされた。

細い四肢でしがみつき、柔胸で男らしい胸板を受け止める。

「私……健史にいさんにそばにいてほしい」

ちゅ、と浅いキスをして、小詠は健史を鼻が触れるほどの距離から見つめた。

「好きです、にいさん」

あまりにも明白な愛の告白だった。

白いランジェリーはやはりウェディングドレスを模していたのかもしれない。

健史にできる答えはなにより先に、全力の腰振り。

「あひッ！　おひッ！　おッ、あっ、あーッ！　あぇぇえッ！」

「俺も小詠ちゃんのそばにいたい！　小詠ちゃんとずっといっしょに……！」

最奥を滅多打ちにして子宮口を喜悦の虜とする。言葉と行為で彼女に対する激しい想いを伝えたのだ。

「うれしっ、ひぃッ！　あひッ、んおッ、ぉおおッ！」

小詠は必死にしがみついて、自分からも腰を浮かせた。落とした。リズムをあわせてばちゅんばちゅんと下品きわまりない水音を生み出す。

小さな恋人の健気で貪欲な反応に、健史は一気に高まっていく。

「それじゃあ一緒に……！　一緒にイッて、俺のものになってくれ……！」

「なるっ、なりますッ！　にいさんのモノになるぅッ！」

ふたりは深く舌を絡めあい、全力で腰と腰をぶつけあった。

その上から美月が思いきり股を押しつけてくる。

「おめでとう、ふたりとも……！」

母親分の体重も加算され、亀頭が若穴の奥に深々とめりこむ。

身も心も結ばれた若いふたりは、完全に同期して絶頂に達するのだった。

「あぁあああーッ！　おあッ！　おへぇえええぇええッ！」

耳元に鳴り響くみっともない喘ぎ声が愛しくて胸が熱くなる。その熱を股間にこめてびゅーびゅーと射精した。

長く、粘っこく、途中で留めることのない全力の射精である。

「あへっ、おぉおッ……！　すっごい、すごいっ、にいさんの射精終わらないッ、私もイクの止まらないッ、おへぁあああッ……！　あおッ！」

小詠は白目を剝いてイキつづける。

立ちこめる性臭のなか、彼女の母親は満足げに嘆息していた。

「おめでとう、ふたりとも。結婚式は神前式でいいですか？」

「え？」

「うん……私はいいと思う」

「え？」

宮代母娘の発言に健史は目を白黒させる。

どうやら思っていたより踏みこんだ関係になってしまったようだ。

その後まもなく山木家と宮代家のツキワズライは収まった。

完治するなり尾を引くことなく夜の関係は終了した。健史が肩透かしを食らうほどあっさりした終幕である。

桜子は子宝に恵まれ、夫が山木家の当主となる運びとなった。ＤＮＡ鑑定《かんてい》もしたので健史の種でないことは確定している。

藤乃も厳格な顔を取り戻し、ときおり健史に圧をかけてくる。

逆に美月は鷹揚な顔で健史と娘の関係を見守ってくれた。

例外は小詠だけである。

「今日も夜、よろしくお願いします……エッチしたいです」

ツキワズライは治ったはずだが肉体関係は求めずにいられない。それまで性的欲望を持たなかったたぶん、一気に噴出しているのかもしれない。

そして五年後。

長浜健史は晴れて宮代健史となった。

嶽神村に引っ越し、婿養子として小詠と結婚したのである。

ゆくゆくは宮司となる予定だが、山木家の事業で働くのも並行していく。田舎の神社では一家を支えるだけの収入を得られない。

健史がつねに神社にいなくとも美月と小詠が代理を勤めてくれる。いずれは小詠も大巫女を継ぐことになるだろう。

「私たちの代でツキワズライが増えないことを祈ります」

小詠はしきりにそう言っていた。自分の夫がタケガミさまであるかぎり、ほかの女との情交を許さねばならない。実は嫉妬深く夜の激しい彼女は、儀式があるたび他の女とおなじ行為を夫に求める。

「俺もいつまで精力がもつかわからないからなぁ」

タケガミさまの精力はいまだ無尽蔵。しかし会社と神社で働きながらの神さま業務はさすがに慌ただしい。付け加えるなら、健史としても妻だけを愛しつづけたい。嫉妬する彼女も可愛らしいとは思うものの。

「精力が尽きるまえに子どもも作らないといけませんね」

「そうだね。そろそろがんばろうか」

タケガミさまになるまえは想像もできなかった。

定職に就けるばかりか、可愛らしくも淫らな妻に恵まれるなんて。

街には少々遠いが、健史の日々は幸せに彩られていた。

（了）

※本作品はフィクションです。作品内に登場する
団体、人物、地域等は実在のものとは関係ありません。

母娘《おやこ》丼村《どんむら》の秘湯《ひとう》

〈書き下ろし長編官能小説〉

2023年10月23日初版第一刷発行

著者……………………………………………… 葉原 鉄

デザイン…………………………………………小林厚二

発行人……………………………………………後藤明信
発行所……………………………………株式会社竹書房
〒102-0075 東京都千代田区三番町8-1
三番町東急ビル6F
email：info@takeshobo.co.jp
竹書房ホームページ http://www.takeshobo.co.jp
印刷所……………………………中央精版印刷株式会社

■定価はカバーに表示してあります。
■落丁・乱丁があった場合は、furyo@takeshobo.co.jp までメールにてお問い合わせください。